相田武文
河津光紀

書斎で楽しむ酒席談義

書簡往来のすすめ

論創社

はじめに

我々両名、ロータリークラブ仲間として、その交遊も二十有余年を閲《けみ》することとなりました。談論談笑を肴に痛飲するという、戦中戦後の物資欠乏期に青春を過ごした我々世代に共通する習性を、特に濃厚に持合せた二人は、八十年にも及ぶ歳の程も忘れて快飲偕楽、呵々談笑、夜が更けることも一再ならず。まさに「酒友」と云ってよいのかも知れません。因みに、この酒友という言葉は東洋学者安岡正篤が先代寶井馬琴との交遊に好んで用いていたもので、単なる呑み友達という程の軽い意味ではないと解されています。

勿論、夫々が歩んできた道は、全く異なるものであって、思惟のベクトルも必ずしも同じではありませんが、異なるが故に自ずからなる適当な間合いとハンドルの遊びが生じ、会話にふくらみとひろがりをもつことができているのではないか、そしてその結果、それなりに長続きしているのではないかと思っています。これは、建築用語でいうツケ、ニゲ、オサマリ、すなわち、両者間にほどの良いニゲがとれて、うまくオサマっているということではないかと思うのです。

こんな日々のなか、時に両人以為《おも》えらく、「クラブ例会での会話や酒席での款談も欣快だか、それはややもするとその場限りのものとして雲散霧消してしまう。それでは些《いささ》か惜しい。それに、夫々の思惟をより適確に理解し合うためには、書簡の往復によることが、より効果的である。日常些事を通して胸中に浮ぶ日々の存念を、互いに書綴ってみようではないか。多少の煩瑣、また楽しからずや」

ということになり、比較的こまめにこれを実践、爾来凡そ一年半が経過し、それ相応の紙幅を埋めることとなりました。

一年半といえば、中江兆民の書に「一年有半」があります。彼が喉頭癌で余命一年半と宣告された時に、身命の余燼を奮って書いたものです。所説の是非好悪は措《お》くとして、その精神の強靭さは目を瞠るばかりです。これにひきかえ、我々の往復書簡は、酒席を書斎に移しての瑣事款談《さじかんだん》、興の赴くまま、筆の走るまま。然しながら、互いに自らの存念への思いと、それを語らんとする姿勢に於ては、真摯に向き合って叙述してきたつもりです。その往復書簡が一年半続いた今、おこがましくはありますが、兆民の「一年有半」にあやかって、これを冊子に取り纏めることといたしました。

ときに化石とも云われる我々世代が、日常座臥のなかで何を思い、何に感じて生きてきたのか、特に少しでも若い人達のお眼にとまることがあれば幸甚と存じます。

相田武文
河津光紀

書斎で楽しむ酒席談義◉目次

はじめに 3

Ⅰ　平成二十五年
母国に誇りを 12
　言語は思考の座標軸 16
風土と人間 21
　ケーベル先生 27

Ⅱ　平成二十六年
鎮魂の丘 32
　硫黄島からの手紙 37
二つの碑文 42
　歴史といふプリズム 48
高幡不動での昼酒——年寄りに乾杯 54
　スマホとタンゴ 59
拝むのが好き 64
　世はすべからく講談調 69

牧師と僧侶 78
紅露逍鷗が読めない!! 86
薩摩飛脚（前便拾遺） 92
歌は世につれ 98
GHQの宣伝歌？ 105
戸建住宅工法の功罪 112

III　平成二十七年

素人流住宅談義 120
東京にはシンボルがない！ 128
ラトヴィアの首都リガ 136
山川草木悉皆成仏 146
これをしも中締めとや？ 152

おわりに

明日へのベクトル 161
阿吽の呼吸 163

書斎で楽しむ酒席談義

I　平成二十五年

母国に誇りを

河津光紀様

過日いただきました『井底蛙言——俳諧ところどころ』〔俳句・旅行記などをまじえた約九十頁から成る私家本〕を拝読いたしました。貴重な冊子をいただき厚く御礼いたします。

冊子のタイトルは謙遜されているように思いましたが、「蛙」と「河津」のごろ合わせは気にいりました。まだ、三分の一位しか読んでおりませんが、内容が多岐にわたっておりますので、とりあえず、ここまでの分で感想をのべさせていただきます。さらに、俳諧のほうは、まったく知識がなく、夜の巻をハイカイする余力が残っているにすぎません。

二段組みの小さい文字のうえに、旧かなづかい、当用漢字以外の見なれない漢字、四文字熟語などが交じりあった文体を、電子辞書を片手になんとか読むという涙ぐましい努力をいたしました。（ややおおげさですが！）

まず最初に、私とたしか一年しか歳がはなれていない河津さんと、どうしてこのように知識の内容の多少、考え方の強弱があるのかと驚いております。

冊子の文中に〈切支丹民族でもないのに、歳時記には「クリスマス」が大きく認知されてゐるのに比べ、その同じ二十五日が「大正天皇祭」といふ（略）感性豊かなる筈（?）の俳人達にさえ忘れられ勝ちです。ことは啻《ただ》に元號表記のみではありません。正朔強要〔元号や暦法に従ってその国に臣従する意〕がお家藝の中国からは、自分達と歴史認識を共有しなければ非友好的であると恫喝されて（略）恐れ入ってしまひ、自虐史観、東京裁判史観から未だに脱却できずにゐるのも由々しいことです。（略）

更に、敗戦による占領下、日本人の精神構造を根本から叩き毀すことを目論んでゐたGHQ民政局の尻馬に乗って「新かな、当用漢字」といふ蠻行を敢てなしたるに至っては、秦の始皇帝の焚書坑儒にも比すべき大變な暴擧といへませう。（略）〉

「大正天皇祭」に関しては「忘れ勝ちです」と書かれておりますが、私などはまったくといってよいほど、これに関しては眼中にありませんでした。念のためパソコンで検索をしてみました。「季語大正天皇祭」「季語クリスマス」といれたところ、前者は一句もでてきませんでしたが、後者は数えきれないほど列挙されております。この列挙されている句のなかに次のような句が眼にとまりました。

クリスマス近し蠟燭点すべし　稲畑汀子

「自虐史観」「東京裁判史観」に関して、後者はほとんどその内容について本などを読んだことがないので語れません。「自虐史観」についても、歴史学者、政治学者などによる体系的な意見があると思われますが、ここでは一素人の意見を記します。

中国に恫喝された話はともかくとして「自分の国に誇りをもてない人」は、私は好きではありません。公立学校の先生のなかには、式典のとき国歌を歌わず座っているという話を耳にします。その個々の先生には、それなりの理由があるのでしょうが、生徒に礼儀知らずの印象を与えるにちがいありません。国歌が、相撲やサッカーの歌だと子供たちに思われないよう願うばかりです。

「新かな、当用漢字」の件、これに関しても国語学者などによって相当議論がなされたことと推察いたします。私は、現在の程度でよいのではないかと思います。

戦後の一時期、日本語をやめてローマ字にしようとか、英語にとか、いろいろあったようですが、先程の歴史観の形成時を考えれば、漢字が残っただけでも幸せなことだと思いたいのです。漢字があるとともに、ひらがな、カタカナがあることもすばらしいことです。

中国では、「オバマ」大統領を「奥巴马」「欧巴马」と書かれているようです。カタカナがないので、その都度、意味と発音を勘案して漢字をあてはめているようです。つまり、新聞や雑誌によって異なる表記がされているようです。「消えるよりは残っただけでも幸せ」と考えるのは消極的なのでしょうか。

今から約三十年前の一九八四年秋、インドの建築系の大学で講演をしたことがあります。講演が終わった後、雑談のなかで、インド人の先生が「あなたの国では何語で授業をしているのか」と問われ、私は「無論、日本語です」と答えた記憶があります。その時、日本が植民地にならず自国の言葉で学ぶことができるという、日本人としての幸せを味わったのです。インドは国も広く多様な言語があり、共通語としての英語が授業で使われるのは理解できます。しかし、そのことよりも英国による植民地としての影響が多様に存在しているように思えるのです。言語が単なる表現の手段としてではなく、人間の精神構造のなかに深く淀んでいるように思えるのです。

ここまで書いてきて、ふと考えてみましたら『井底蛙言』の二頁しか話題が進んでおりません。長くなりそうなので、本日はこのあたりで筆をおきます。

相田武文

平成二十五年十一月十五日

言語は思考の座標軸

相田武文様

先般、ご参考までに未定稿の私の心憶えの拙文集『井底蛙言——俳諧ところどころ』を御笑覧に供した処、早速ご所見をお寄せ頂き恐縮に存じます。

初めにご了解を頂きたいことは尊兄もご存じの通り、日ごろ私は自らの私的文章については原則として歴史的仮名遣（旧かな）正字体（旧漢字）で表記することにしてゐるのですが、今回の往復書簡について、字体については尊稿と波長を合せ現行の字体としますが、仮名遣については所謂旧仮名とすることをお許し下さい。

さて、貴見のなかに「自国に誇りをもてない人」は、好きでないとして、式典のとき国歌を歌はずに着席したままの教師の例をあげて生徒児童への悪影響を述べてをられますが、まったく同感です。思想信条の自由などと大上段に振りかぶってみても、所詮は我面白《おもしろ》の勝手な理屈。家紋をおろそかにする者は、自らの祖霊への礼を失する者である。不起立を思想云々などといふ仰々しいことではなく、尊兄の云はるるやうに、ごく当り前の「礼儀」の問題として捉へるのが良識といふものでせう。

長野オリンピックで、女子モーグル優勝の日本のS選手が、国歌斉唱国旗掲揚のとき、脱帽もせず表敬の姿勢もとらなかったことで、日本の観客のみならず、外国人観客からもブーイングが起り、折角の金メダルが台無しになったことがありました。結局この選手はその後、女だてらに泥酔して暴行事件を起こし警察沙汰になりましたね。一事が万事といふことなのではないでせうか。

国旗国歌への礼儀は世界の常識。家庭は無論のこと、学校で児童生徒にこれを躾《しつ》けることは教師の義務です。義務を遂行しない教師が処分を受けるのは自明のことなのに、これをしも問題にする手合が未だに少なくないのは困ったことです。そんな教師のもとで育った人間が、外国へ行って、躾のないままにその国の国旗への不敬でもあれば、外交問題になりかねない危険さへあります。

尊兄が印度の大学でご専門の建築学の講義をされた時の感想、興味深く拝読。印度が多民族、多言語の国柄とはいへ、被植民地の時代を経て、英語が共通語になってゐる影響は計り知れないものがあると思ひます。

昔の教科書にも載ってゐた「最後の授業」これはアルフォンス・ドーデの月曜物語にある話ですね。普仏戦争に敗れて、アルザス、ロレーヌ地方が独逸に割譲されることとなり、明日からは仏蘭西語の授業ができなくなった最後の授業で、先生が生徒達に「たとへ、身は奴隷となるとも国語を守る心を失はずんば、牢獄にゐて尚且つ鍵を保持するに等しい」と諭《さと》す有名な場面を想ひ出します。（尤も、この地方のネイティブの言語はもともと独逸系であって、仏蘭西は征服者として仏蘭西語を公用語として押しつけてゐたに過ぎないので、立場は逆さまである、などといふ見方が流行ってゐる所為《せゐ》か、最近では人気がないやうですが、歴史的経過は兎も角として、言語が現代流「国民国家」を形成するキーワードの一つであることに変りはないと思ひます）

実は、尊兄が「言語が単なる表現の手段としてではなく、人間の精神構造のなかに深く淀んでいる……」と述べていること、そのことこそが最も私が言ひたいことのすべてなのです。言語は伝達の手段であると云はれてゐますが、本来それにもまして、言語は思考する手段であるといふべきです。前述の例を出すまでもなく、民族が複雑に入組んでゐる欧州大陸で、国語と国家の問題が極めてセンシティブに取扱はれてゐるのもこのゆゑでせう。聞き齧《かち》りですが、仏蘭西では未だに新しい言葉や表現が出現するたびごとに、それを仏蘭西語として認めるか否か、アカデミーで個別に審査してゐると聞きました。幸運にも我国では歴史の極く早い段階で、言語が統一され、一応はほぼ単一言語の国家になったため、国語を守るといふことについて余り深く考へないで済んでしまひ、動《やや》もすると自国の言葉をぞんざいに取扱ふ傾向があります。思考の座標軸ともいふべき言語を粗略に扱ふといふことは、思考そのものを粗略にするに等しいことだと思ひます。

新かな、当用漢字（今は常用漢字）について、尊兄は現在の程度でよい、とのご意見。私も一般論としては今となってはその通りだと思ひます。漢字仮名まぢり文といふ絶妙の表記法が保たれただけでもよかった、との思ひは同感です。私個人は所謂《いはゆる》旧かな、旧漢字を用ゐてゐますが、最早それを一般に求めるわけにはゆきません。

問題は、連綿としてつづくわが国の長い歴史のなかに生きて今日に伝へられてきた国語を、可能な限り伝統的な表記や語のリズム（そのものではなくても、そこに流れるもの）を継承して、それとの連関性を意識しつつ、安定した言語として次世代へバトンタッチできるかどうかといふことではないかと思ひます。

言葉が、時代とともに変化してゆくものであることは事実です。それを堰止めることもできません。然し、だからといって、どうせ変るのだから通用しさへすればどうでもよいといふことにはなりません「言葉は移ろひ易いものなるが故に、守って守って守り抜く。それでもなほかつ変ってゆく、それは結果であって、それを当て込んで命題化してはならない」――これは、戦後の国語審議会や文部省の在り方に危機感を抱いた故福田恒存氏が夙《つと》に指摘なされてゐるところです。

福田恒存氏は国語学者ではない英文学者です。その福田氏が見るに見かねて国語問題について声をあげ、「私の国語教室」や「国語問題論争史」などの優れた論文を上梓したことは、歴史学者ではない独文学者の西尾幹二氏が、歴史教科書の現状を憂ひ、新しい歴史教科書をつくる会を代表して、「国民の歴史」を編纂したのに似ますね。これらについてはまたの機会に話題にしたいと思ひます。

貴翰拝受以来些《いささ》か日が経ってしまひましたが、私事ながら愚妻が最近体調必ずしも芳しからず、病院通ひその他の雑事に紛れ、返信遅延したるをご宥恕下さい。

河津光紀

平成二十五年十二月五日

風土と人間

河津光紀様

奥様の体調その後いかがでしょうか。早く回復されることを願っております。

前回のお便りのなかで私的な文章では旧仮名を用いるということ、了解いたしました。私などは旧仮名で書けといわれてもできない芸当です。

アルフォンス・ドーデの「最後の授業」を調べていましたら『月曜物語』の一編で、フランスの新聞に連載されているとのこと、知りませんでした。この二十一世紀になっても陸や海でいまだに境界線の争いをしています。いやですね。国の威信と人間が本来的にもっている所有欲というどうしようもない宿命みたいなものを感じます。

過日いただいたコピー「俳句と語意識とところどころ」読み終えました。二十年ほど前に俳句の雑誌に書かれた文章とのこと。これほど深く俳句を勉強されているとは永年おつきあいをしていても知りませんでした。私の観察眼のなさを今更ながら恥じております。このなかで旧仮名を用いることについて書かれておりますが、納得をしました。

納得したといっても十分に理解したのではありません。例えば次の文章の中で「甚だ具合よくできてゐる」と書かれている事例を十分に理解できたわけではありません。次回の便りの時にもう少し詳しく内容について記していただければ幸いです。

〈いはゆる歴史的假名遣ひ（舊かな）は、私たちのやうな素人が考へても、傳統とのブリッヂのかけ方、文法的な整合性、使ひ勝手のよしあし、といふ面からみて、甚だ具合よくできてゐるものと思ひます。〉

また俳句との関係では〈俳句については、いまでもかなりの人が、その漢字假名まぢり文（詩）の表記法として、歴史的假名遣ひ（舊かな）によってゐるやうです。〉と書かれております。私は近年、書の展覧会などを見る機会が多くなったのですが、そのなかで漢字とかながバランスよくまじりあっている書は美しいと感じるのです。なぜならば、本来、中国から渡ってきた漢字を日本の、和様の漢字にし、そして、ひらがなを発明し、その漢字かな交じり文は日本のものです。おそらく、五七五という形式で漢字とかなが、まじって文意をつたえる俳句は、文意とともに文字の配列が美しいのでしょう。

俳句が海外でも愛好者がふえてきたようですが、英語で書かれた俳句には文意が伝わっても日本語のもつ伝統的な意味あいは欠落しているにちがいありません。ただし、俳句が海外でHAIKUとして伝播されていることは、喜ばしいことです。

『井底蛙言』を再び読み始めました。今回は三分の一ぐらい読みすすんだと思います。一五頁に書かれております「含み」という言葉は、それこそ含蓄のある指摘だと思います。

近年、自然現象が極めて短絡的、硬直的になったとし、〈私はこれらのことを一言にして我国特有の「含み」がなくなった、といふ言葉で表現したいと常々考へてをります。これは、自然現象のみならず、民族の人心、習慣といったことにまで及んでゐるのではないかと思ふのです。〉まさに、河津さんのいわれるとおりだと思います。事例がよくないかもしれませんが、最近テレビで、会社の社長や組織の長たちが頭をさげて謝っている姿は、なんとも「含み」のない醜い姿だと思わざるをえません。

自然現象とそこに住む人間の精神構造について書かれたものとして和辻哲郎著『風土』を思いだします。この本は私の学生時代に読んだ本ですが心の片隅に残るものがあります。承知のとおり、和辻は、モンスーン、砂漠、牧場というように三つの地域の型に分類し、世界各地の民族、社会、文化などの特質を浮かびあがらせたわけです。和辻の論法に対して、あまりに主観的すぎるという批判もあるようですが、それはさておき、モンスーン地域に住む我々日本人の特質は大方浮き彫りにされていたと記憶しております。

あらためて、この三分類の頁を読み返しますと、和辻は次のように述べております。

〈かくて我々は一般にモンスーン域の人間の構造を受容的・忍従的として把捉することができる。この構造を示すものが［湿潤］である。〉また彼は、〈日本のモンスーン的風土は、感情的洗練が最もよく自覚されている〉としております。まさにこの言語は俳句にも通じることではないでしょうか。

次に砂漠についてですが、和辻は次のように述べております。〈乾燥の生活は［渇き］である。（略）すなわち人は生くるためには他の人間の脅威とも戦わねばならぬ。（略）人と世界との統一的なるかかわりがここではあくまでも対抗的・戦闘的関係として存する。（略）自然との戦いにおいて人は団結する。人間は個人として砂漠に生きることができぬ。従って砂漠的人間は特にその共同態において現れる。〉

和辻がこの本の草案を書いたのは、昭和三年から四年にかけての講義をもとにしているとのことですが、彼の指摘した砂漠の民の「対抗的・戦闘的」な関係はいまなお持続しているように思われます。イスラムの国々における戦いの激しさは、この一面を表しているように思えるのです。風土的特性から蓄積されてきた性質や思考は、そう簡単にぬぐいさることはできないでしょう。いま起きている軋轢は、まさに「牧場派」と「砂漠派」の戦いといってもよいでしょう。

牧場つまりヨーロッパについての項に、和辻は他の二つに比較して多くの頁をさいております。要約すれば、南欧は明るい天気に恵まれ、北欧は暗い。共通しているのは、夏は乾燥しており、冬には雨期があります。夏の乾燥は牧場における夏草の繁茂を防ぎます。つまり、モンスーン地域に比べれば労働力は軽減されます。このように従順な自然のなかでは、合理的な精神が発達し、それ故、科学や哲学が発達したということになります。

ギリシャの経済破綻など、ヨーロッパ諸国は諸々の問題をかかえているとはいえ、いまなお文化の発信源としての地位を保っているように思えます。たとえ経済がだめになっても、その国の文化と民族のほこりが残っている国は、長い歴史のなかで必ず復活すると思いたいのです。

世界的な気候変動が顕著になってきた現在、いままで受容的・忍従的なモンスーン地域の人々が、突然暴れ出すことになるかもしれません。グローバル時代、ICT時代などといわれていますが、いま世界はこの風土的特性との相克に悩んでいるのかもしれません。世界がグローバル化すればするほど、その国の、あるいは民族のアイデンティティが高まるともいわれております。いま、我々はどこまで他者を理解・認識できるかにかかっているように思います。

その後、梅棹忠夫著『文明の生態史論』も読んだ記憶がありますが、いま、頭に残っておりません。ついでながら、「風土」は建築を学ぶ学生、とくに設計を専攻する学生の必読書といわれ、当時は多くの建築系の学生に読まれました。

自然現象によって享受された人間の精神構造ですが、最近の世界的な天候の荒れをみますと、人間が自然現象をつくりだしているようにも思えます。つまり和辻の三分類は、ごちゃごちゃに混ざりあったり、それぞれが交差したりして、もはや自然現象と人間の精神構造の関係が成立しない時代に突入したようにも思えるのです。

暮れも差し迫ってきました。御身大切にお過ごしください。

相田武文

平成二十五年十二月十三日

ケーベル先生

相田武文様

貴翰拝受。五風十雨の天然自然現象のみならず、風俗習慣、人心までもが、わが国特有の「含み」がなくなった、といふ私の拙文について、和辻哲郎著『風土』を連想して頂いたのは光栄の限りです。

我々世代が若い頃には、和辻哲郎は折口信夫（釈迢空）等と並んで、通過儀礼（？）として多少なりとも読んでおかなくては、といった空気が仲間うちにあって、気にはしてゐたのですが、不勉強でまともには読んでゐません。新制高等学校の修学旅行が奈良・京都と決り、慌てて図書館で『古寺巡礼』を読んだ程度です。有名な「風土」については丁度その頃、東洋史が専門の博学の老教師が世界史の授業で世界各地の民族国家の形成について名調子で論じながら、大いに脱線して、和辻博士の所説を面白可笑しく解説してくれたのを憶えてゐます。モンスーン、牧場、砂漠といふ地域の三分類と民族性については、その先生独特の切り口で、城を造らずに信玄堤を作った武田晴信。辞書から不可能といふ文字を消したナポレオン。略奪、虐殺を業《なりはひ》とした成吉思汗《ジンギスカン》……などと云って笑ひをとってゐました。そんなわけで恥づかし乍ら『風土』は耳学問でしか知りませんでしたが、尊兄が「建築系、特に設計関係の学生達の必読書であった」と述べられてゐるのを肯《むべ》なる哉と思ひ、遅れ馳せながらも建築系ならぬ私も孰《いづ》れ更《あらた》めて読んでみようかと思った次第です。

序でながら、若い頃に、明治生れの帝大卒の文人、学者や政、財、官などの要人達が、判で押したやうにケーベル先生、ケーベル先生と云ってゐるのを見聞きして、私は高校生時代に「彼そも何者?」と、不思議に思ってゐたのですが、弘文堂のアテネ文庫に和辻博士の「ケーベル先生」といふ本があるのを見つけて、さっそく購入。(アテネ文庫は当時三十円均一、文庫本のなかでも最も廉かった)この著書のなかで、和辻博士が随筆風にケーベル先生の思ひ出を親愛と尊敬の念をこめて語ってゐるのを読んで、この露西亜生れだが誇り高い独逸人ラファエル・フォン・ケーベルといふ当時の帝大生達を魅了して熄《や》まなかった明治政府お雇ひの外人教師になぜか興味をもつやうになりました。

その後ほどなくして、偶々立川の古書店で岩波文庫の『ケーベル博士随筆集』(久保勉訳)を入手しました。少しく長くなりますが、この文庫本、昭和三年刊の初版本で前所有者の書き込みによると、昭和十三年八月長崎の古書店で購入とあります。全編に亙って随処に朱の傍線や日独両語で詳細な書込みがしてあり、丹念に愛読した形跡が伺はれて、定めし愛蔵の書だったのではないか。（ここからは私の想像になりますが）普通ならこんな愛蔵書を手放す筈はない。E・Oといふ前所有者はことによるとその後、学徒出陣かなにかで出征して空しく戦陣に斃れたのではあるまいか。そしてその魂魄がこの書を護りぬいて長崎の原爆による焼失を免れ、流れ流れて立川くんだりの古書店に辿りついたのではあるまいか。そんな風に想像すると、この小本がなんとも床しくまた愛《いと》ほしく感じられ、ボロボロになった今も私の愛蔵書のひとつになってゐます。

梅棹忠夫については私のトマト嫌ひと同様に喰はず嫌ひ（読まず嫌ひ？）で全く知りません。文明の生態史観も日経の「私の履歴書」も読んでゐません。勿論、無学菲才の私には同氏が民俗学や情報化社会への深い学識がある斯界の大家であることを否定する心算《つもり》もなければその資格もありません。御婦人と会話してゐて「わたくし、それってイヤですわ」「どうして？」「どうしても……」「なぜイヤなの？」「なぜでも……」といふ極めて非論理的な問答に困惑することがありますが、それと同じです！　イヤなものはイヤでござる。その理由を一つだけ、同氏が頑強（頑迷？）なる日本語ローマ字化推進論者、漢字全廃論者だから……とだけ申上げておきませう。

寛政の三奇人の一人、高山彦九郎が室鳩巣の著作を熱心に読んでゐたが、文中に一ケ所、楠正成公のことを悪く書いてあるのを見て「室鳩巣は立派な学者なのかも知れないが、大楠公を悪しざまに云ふやうな書物は読んでも仕方がない」と云って、鳩巣の書をすべて加茂川に投げ捨てた——これは実話かどうか知りませんが、子供の頃、講談社かどこかの少年向け偉人伝で読んだ話です。一些事を以って万事を忖度《そんたく》する、これは——真摯なる学究の徒である尊兄には「真理を究める上で最も忌避すべき態度である」とご叱正を頂くのは覚悟の上。イヤ学者ならぬ我々会社人間でも、こんな態度だったら経営判断を損なひ、まづ失格者の烙印を押されますが、心情的には我等の愛すべき彦九郎君にシンパシイを懐きます。尤も、尊兄も麦酒《ビール》の嗜好をはじめ日頃の言行に於て、脈絡や整合性なくことの是非好悪を独特の感性で明言……そこが私が尊兄に親近感をいだく所以《ゆゑん》です。

若い頃に、和辻哲郎や折口信夫をしっかり読まなかった慙愧《ざんき》の念に堪へず、反省の意味でゴチャゴチャ書きました。若い人達には、私の轍《てつ》を踏まぬ為にも感性豊かな若い時代に、スマホやマンガだけでなく、かうした正統派の古典に親しんで貰ひたいものと思ひます。

尊兄をはじめ御家族ご一同で佳い新年を迎へられることを、愚妻ともども祈念致します。相田家の華、令夫人和子様に宜しく。

平成二十五年十二月二十五日

河津光紀

II 平成二十六年

鎮魂の丘

河津光紀様

新年あけましておめでとうございます。相田家の華（？）妻ともども今年もよろしくおつきあいのほどお願いいいたします。

その後、奥様の体調、回復されたとのこと何より安心いたしました。

前回いただいたお便りのなかに「我々世代が若い頃には、和辻哲郎は、折口信夫（釈迢空）等と並んで……」とありましたが、私は残念ながら折口信夫についてはあまり読んだことがありません。しかし、

一首のみ読んだ歌があります。

硫気噴く島
たたかひに
果てにし人を
かへせとぞ
我はよばむとす
大海にむきて

釈迢空

なぜこの歌を知っているかといえば、約三十年前の一九八三年に竣工したのですが、硫黄島にモニュメント及び広場を設計する機会をえたことに起因します。歌碑をつくることになり、折口信夫つまり釈迢空の歌が選ばれました。折口の養子となった折口春洋は、硫黄島で戦死をしました。その死をいたんで詠んだのが右記の歌ということです。

書は、草野心平氏にお願いしたのですが、これは気迫がこもっており、すばらしいものでした。この書を前にして、これをどのような素材に定着させればよいか悩みました。自然石の様態が似合うと考え探したのですが、なかなか気にいるものが見つからず苦労をしました。この硫黄島の場所は、「鎮魂の丘」とよばれておりますが、私の建築家としての仕事のなかでも特異のものです。精神的にも相当な重圧がかかりました。この設計にかかわる話をしますと長くなりすぎますので、今日はこのぐらいでやめにします。

手紙のなかにケーベル博士の話が登場しました。私は、はじめて知った名前です。「明治生まれの帝大卒の文人、学者や政、財、官などの要人達」とかかわりがなかったことに起因しているのでしょう。早速、紀伊国屋書店に行き『ケーベル博士随筆集』（岩波文庫、久保勉訳編）を購入しました。リクエスト復刊というもので、二〇一三年春に四〇冊、三七点が復刊され、そのなかの一冊でした。奥付をみて驚いたことに一九二八年（昭和三年）に発刊されてから二〇一三年までに四十四刷を重ねていることです。さらに驚いたことは、訳者によれば「一九五七年に旧仮名遣いを新仮名遣いに、むずかしい漢字を平仮名に改めると同時に、多少難解と思われる箇所を平易な表現に直すように意を用いた。」とあります。

この正月、ねじり鉢巻きで読みはじめました。平易どころか難解であり、さらに内容も哲学などに対する知識がなければ充分に理解できないと思った次第です。それでも一応読破したのです。読破という日本語は、この場合正しくなく、終わりの頁まで眼で文字を追ったということになります。

ケーベル博士は、東京大学でドイツ哲学を中心に教えていたようですが、英語を用いて教えることが条件だったようです。この難解なドイツ哲学をしかも英語で行う授業、当時の学生が理解できたとは驚嘆に値します。

訳者の解説によれば、ケーベル博士は、一九一四年七月東京大学との七回目の契約期限がきれ、ドイツに帰る決心をしたとのこと。ところが、第一次世界大戦が始まり帰国できなくなった。そして、一九二三年、日本で生涯を終えたとのことです。この本におさめられている文章は、東京大学を辞してからのもので、随筆集とはいってもさらりと読めるいまのものとはちがいます。

この本のなかで日本人に関する記述があります。私の理解では、大方日本人に好意を抱いていると思われ、彼の日本人に対する観察は、当時の日本の状況をよく表していると思います。現在の日本人と比較してみますと倫理観に差異があるように感じます。身近なところでは、大学教授に関して揶揄している文章がみられるのですが、百年前も現在も、このような先生が存在しており、苦笑しながら読みました。

また、この博士のすごいところは、若い頃、モスクワ音楽院に入学し、チャイコフスキーに師事していたとのこと。何らかの理由で演奏家の道を断念し、ドイツ哲学などを学んだとのことです。ですから、東京音楽学校（東京芸大）でピアノも教えていたとのことです。この本からうける印象でもっとも顕著なものは、ケーベル博士の誇り高いドイツ人魂とドイツ哲学に対する信仰にも近い思いです。一九一〇年代という時代背景を考慮しても、ケーベル博士は、自分の論理を頑強なまでに筋を通したという印象をうけます。最近は、とかく「それは上から目線だ」と揶揄されますが、当時の学生諸君にとっては、神や仏に近い天からの声として彼の授業を聴いたにちがいありません。

屁理屈をこねても筋を通すということでは、前回の手紙で「イヤなものはイヤでござる。」と書かれているところは、いかにも河津さんらしく面白い。万歳です。私もいささかこの傾向があり、歳を重ねるとその傾向は強くなり、ときには反省です。

「寛政の三奇人の一人高山彦九郎が……」とありましたが、他の二人を知りませんのでウイキペディアをみましたら、林子平、蒲生君平でした。今回も、またまた多くの勉強をする機会をえました。

今年も、この書簡を続けられるだけの最低限度の体力と知力を維持したいと同時に、少しばかりの(?)酒と肴を楽しむ時間をお互いにもちたいと願っております。

相田武文

平成二十六年一月十三日

硫黄島からの手紙

相田武文様

芳翰拝受。御家族お揃ひで恙無《つつが》く新年を迎へられた由、なによりと存じます。前便で、和辻哲郎博士の著作のことから、私がちょっと知ったか振りをして、ケーベル博士随筆集にふれた処、態々同書を購《もと》めて正月に読了したとのこと、若い頃なら兎も角、よくもマアあんなシチ面倒臭い文章をと、尊兄の探究心の強さに感心！

私などは若い時でしたから「泰西もの」はこんなものかと我慢しながら読みましたが、それでもアノ逐語訳的な難解な文体には些か辟易したものです。尤も、当時は原語を知る者の數も増えてきた為、誤訳を指摘されるのを恐れて逐語訳的で生硬な翻訳が多くなったと云はれてゐますから、訳者久保勉氏だけの責任ではないのかも知れません。だいたい岩波書店系の学者の文章には翻訳物でなくとも、バター臭くひねくり廻して無理に難解にしたものが多いですね。

序でながら、故山本夏彦氏（尊兄は同氏創刊のインテリア誌『室内』には、ご専門の立場から些か距離感をおもちだったと記憶してゐますが——私もまた、彼のコラムに多く共感しながらも、何かのトラウマでもあるのか、執拗なまでの銀行・保険などに対するいはれなき頑なな偏見には違和感を抱いてゐますが）——その山本夏彦氏が著書『岩波物語』のなかで、岩波書店の功罪のうちの罪について、その一つは朝日新聞と並んで「正義」や「良心的」なるものを商品として売出したこと。その二は、本来の日本語とは似ても似つかぬ岩波用語ともいふべき生硬難解な文体の書を多く刊行して国語を破壊したことである、と述べてゐます。これ以上書くと長くなるので止めますが、孰れ《いづ》機会を得てこれを肴に盃を重ねたいと思ってゐます。

それは兎も角、尊兄も書いておられる通り、この随筆集は訳文の難解さを我慢してよく読めば、博士の古武士のやうな一徹なまでの美意識がひたに伝はってきて面白い。名前がR・フォン・ケーベル、フォンとあるところをみると、彼は良くも悪しくも頑固で誇り高い東プロシャ辺りのユンケルの出身ででもあるのでせうか。

全編を通じて博士は、人物でも芸術でも有るが侭のもの、真っ当なもの、素直純朴で崇高なものを好み、こけおどしのスノービズムを排してゐますね。貴見の通り、日本人に対しては多少シニカルな表現を交へながらも概して好意的であるやうに私も理解しました。
特に博士が好意的に見た日本人は、旧幕時代から承け継がれ磨かれてきた教養や礼節を身につけた時流に諛《おも》ねらぬ人物像、或いは寧《むし》ろ、無学粗野であっても聡明、純朴快活、人懐っこい温情ある田夫野人等の市井人、現代の日本人が忘れかけてゐるやうな人物像を親しみを込めて描いてゐますね。そして逆に、生半可な西洋知識を振回す洋行帰りの赤ゲットなどの虚栄の塊のやうな知識人、今風に云へば所謂進歩的文化人みたいな連中には批判的な眼を向けてゐますね。博士は、日本人のなかでも精神的に一流で律義一徹、いはばいい意味で「天保老人」的な人物に敬愛の念をもってゐたやうですね。

ところで話は変りますが、尊兄設計の幾多の業績のなかでも一方の金字塔とも思はれる硫黄島「鎮魂の丘」「鎮魂碑」などについて、もう少し詳しく伺ひたいものです。

戦時中の私の記憶では、わが軍の負け戦についてわれわれ小学生（当時は国民学校）にもアッツ島玉砕とサイパン陥落の話は先生や親などから聞かされ、子供なりに悲憤慷慨したものですが、硫黄島のことは聞かされた記憶がありません。敗色すでに濃厚なその頃は、子供達に聞かせて、敵愾心などを煽る余裕もなくなってゐたのか、ミッドウエイと同じく極秘だったのか、それとも、私が忘れてしまっただけなのかよく判りません。大激戦地であったことや栗林中将、バロン西〔西竹一（一九〇二―一九四五）。男爵、陸軍軍人、一九三二年ロスアンゼルス・オリンピック馬術障害飛越競技金メダリスト。「バロン（男爵）西」と世界各国から親しまれ、硫黄島戦で戦死した時、敵の米軍からもその死を惜しまれた〕の戦死のことなどを知ったのは、戦後も少し経って高校生になってからです。ちゃうどその頃に上映されたジョン・ウエイン主演の《硫黄島の砂》といふ映画を見ました。攻略側の米兵達の物語ですが、敵軍である日本軍の名誉にもそれなりに配慮があって、比較的公平な映画だったと記憶してゐます。（近頃の中韓とは違ふ！）「書をルーズベルト君に致す」といふ堂々たる遺書を書いた市丸海軍少将のことをなにかの雑誌で知ったのは、もっとずっと後のことでした。数年前に話題となった渡辺謙主演、《硫黄島からの手紙》といふ映画は良い映画だったさうですが、見損なってしまひました。ただ、この「手紙」は市丸少将の遺書ではなく、栗林中将や将兵達の家族宛の遺書のことらしいが、映画を見てゐないので判りません。

釋迢空の令息がここで戦死したことも、これを悼む歌のことも、その歌碑の書が草野心平であることも、尊兄の前便によって始めて知りました。東京都福祉保健局のホームページで見たら、尊兄設計の鎮魂の丘は「鎮魂と平和祈念を水と花で象徴する」とあり、流石だと思ひました。実物を見られないのは残念ですが、身贔屓かも知れませんが、写真で見る限り谷口吉郎氏設計の厚生省の「硫黄島戦没の碑」よりも、毅然としてその空間に揺るぎがない素晴らしい世界が表出されてゐるやうな感じ？……ナーンテ判ったやうなことを云ってはいけませんね。素人談義で恐縮ですが、厚生省主管の方のものは、どことなくバテレンさん臭い感じ（外人墓地？）があるやうな気がします。（これも写真で見る限りです）我々しもじもは行きたくても行けない処です。後世に残る有意義な仕事と貴重な体験をなされた尊兄の話、もう少し詳しく聞きたいと思ふ次第です。
松の内は年賀状書きやら親族の集ひ。ワセダロータリー等の依頼で講談拙演二回。経過観察他の病院巡りも重なって今月もバタバタしました。暇があれば碁会所通ひをしてゐる癖に、時間の使ひ方が下手で困ったもの。また返信が遅れました。申上げた通り近い内に高幡不動詣を兼ねてご夫妻ともども懇談の機を得たいと存じます。

河津光紀

平成二十六年一月二十五日

二つの碑文

河津光紀様

数日前は、節分でしたが、子供たちが成長し、我が家から出て行ってしまうと、豆まきも気合が入らず、最近はやらなくなりました。この歳になれば、そろそろ鬼と同居をきめこむのも賑々しくてよいのではと思っています。

いつもながら、貴兄の手紙、私の知らないボキャブラリーの多いのには感嘆しております。その中でも、今回は「天保老人」です。調べてみましたら、いつの世も老人はこの傾向があるのではないかと、自戒の念を含めて感じた次第です。

岩波書店の功罪についての記述、面白く拝見しました。私などは、岩波書店の本といえば、ありがたく受け入れ、うたがいなく読んでしまうので、以後読む機会があれば心して読むようにします。

小生設計の「鎮魂の丘」おほめの言葉をいただき恐縮です。貴兄の手紙にも書かれておりましたが、この設計を始める以前に、すでに谷口吉郎氏設計のものがありました。巨匠といわれる谷口氏は、特にモニュメンタリティのある建造物にその特異性を発揮した建築家でした。私なども若い時には、勉強のため彼の作品の見学旅行をしました。彼の設計による「戦没の碑」は、小規模でありますが、硫黄島で戦死された方々の思いを的確に表現されていると思います。

暑い壕の中で耐えながら戦っていた兵士が、もっとも望んでいたものは「水」であったといわれております。そして、硫黄島という名前からもわかるように、島の中には硫黄のにおいを伴った噴気が漂う場所があります。このモニュメントは、噴気が石の隙間から立ち上がり、その中に石碑がおかれたように表現されております。そして、天井には穴があけられ、そこから天水が降り注ぐといった構成になっております。つまり、硫黄島を象徴する「噴気」と兵士の悲惨な思いを潤す「水」という二つのテーマが見事に結実しているのではなかったかと思えるのです。

私が「鎮魂の丘」の設計を依頼され、自衛隊の飛行機に緊張しながら乗りこみ、この島に着陸し、後部のハッチがガバッと開いた時、まぶしいほどの光が機内に降り注ぎ、それと同時に硫黄の臭いが鼻の中に入ってきました。これが、硫黄島を訪れた私の第一印象です。建設予定地は無論のこと、島の主だった場所を案内されたのですが、その中に谷口吉郎設計のモニュメントもありました。これに「まさる」設計をするのは容易ではないと感じたのです。まだ若かった私にとって、いかに巨匠に勝つかという思いが脳裏をかすめました。

貴兄から「もう少し詳しく聞きたい……」というのにあまえて、さらに続けますが、前回に釈迢空の歌碑を紹介しましたが、今回は二つの碑文を掲げます。二つとも格調が高く、この激戦地の姿と平和を希求する思いがつづられております。とくに次の山本健吉氏の由来文は、簡潔であり、かつ硫黄島のおかれた状況を真に伝えていると思います。じっくり読んでいただければと思います。

東京の南方、一二五〇キロの洋上に硫黄島は浮ぶ。
東京都に属する。明治二〇年（一八八七）時の東京府知事、無人島の島に初めて足跡を記したが、昭和一九年より二〇年（一九四五）に至り、この島を舞台に日米両国は激しい死闘を演じた。死守を誓った日本軍二万余、島民数十名、おおむね空しく、上陸を決行した米軍の戦死者七千を加えて、計三万が戦いに果て、島は巨大な墳墓と化した。歌人釋超空が「最も苦しき戦いに最も苦しみ死にたる子ら」と嘆じたように、水と糧に乏しい島の、噴出する流気とむせびかえる地熱の壕を拠点とした苦しい戦いは、ほとんど肉体の限界を超えていた。

東京都知事鈴木俊一は、彼等の無韻の慟哭を心に聴き、その慰撫鎮魂と明日への平和祈念のため、この地に建碑のことを發願した。建築家相田武文に設計を、詩人井上靖に碑銘の撰定を乞い、ここに除幕の式典を執り行う。ありし日の怨讐を超え、瞋恚を棄てて、この島に戦った者の親、妻、子、またすべての同胞たち、共に手を握り、盃を挙げ、死者たちの無念の思いを無にせぬことを誓い集う。不文の文士山本健吉、求められて蕪辞を連ね、事の顚末を記す。

昭和五十八年九月九日

碑文

悲しい海、悲しい空、今日も真青く澄んでいます。あなた方の悲しい死によって、あなた方の悲しい死をとおして、私たちは今、漸くにして一つの考えを持つことができるようになりました。

――もう自分ひとりの幸福を求める時代は終った。ほかの人が幸福でなくて、どうして自分が幸福になれるだろう。

――もう自分の国だけの平和を求める時代は終った。ほかの国が平和でなくて、どうして自分の国が平和であり得よう。

あなた方の悲しい死に対して、私たちは今、こうして私たちの考えを捧げたいと思います。

そして今はただ祈るばかりです。

御霊、とこしなえに安かれと。

井上　靖

この「鎮魂の丘」の設計にあたっては、東京都の役人の方々から資料をお借りしたり、存命の方から硫黄島における激戦の様子を拝聴しました。この方は、家業をたしか弟さんに譲り、自分は僧侶となって硫黄島への墓参を続けられているとのことです。戦闘がはじまり、気がついてみましたらハワイの病院にいたとのことです。身体のいたるところに三十数発の銃弾が撃ち込まれたとのことです。ほとんどの兵士が戦死した中で、なぜ自分は生き残ってしまったかと自責の念に駆られたと涙ながらに語られました。

当たり前の話ですが、設計には、施主と約束した期限があります。通常の場合、私は敷地を見てから二、三日で建築のイメージを描くことができるのですが、この「鎮魂の丘」の場合、建築のイメージが浮かびあがりません。兵士の悲惨な姿が眼前をよぎりイメージをかためるのに大変苦しんだと記憶しております。貴兄の知る私に、このような辛苦があったとは想像がつかないでしょうが。

除幕式には、東京都知事をはじめ、遺族、自衛隊、アメリカのコーストガードの方々が列席され、暑い日差しの中で式典が行われました。私は、式典の前日より腹部が痛み出し、当日は無理をして出席しました。式典後、自衛隊機で入間基地に戻り、救急車で榊原宣先生が院長をされていた東京女子医大の第二病院へ。虫垂炎から腹膜炎をおこしていたとのこと。じつは、この二週間前に急性膵炎で二週間、本院の内科に入院しておりました。「今度再発したら死にますよ」といわれていましたので、今回はダメかと思っておりました。どうせ死ぬならば、知り合いの先生に切ってもらいたいと、ロータリークラブでおつきあいをいただいている榊原先生に手術をしていただきました。一年位は、禁酒しておりましたが、あれから約三十年、うまい酒を飲んでおります。先生に感謝、感謝です。

記憶をたどりますと、救急車の先導をパトカーが、埼玉県、高速道路、東京都と変わって引き継がれたように思います。私の生涯で、これほど厚遇を受けたことはありません。それ以来、街で救急車をみかけますと、患者の無事と隊員の厚情に対して、心の中で手を合わせるようにしております。ついつい話が長くなりました。

平成二十六年二月九日

相田武文

歴史といふプリズム

相田武文様

尊翰拝受。このところ二週続きの記録的大雪、老軀に鞭打って家の周辺道路の雪掻きに大汗をかきました。幸ひ我家には特段の被害はありませんでしたが、ご近所のなかには駐車場の破損などの被害がいろいろありました。偶々積雪直後の第二日曜日は都知事選、同じく第三日曜には市議会議員選と連続して選挙。まさに「雪の進軍氷を踏んで何処が川やら道さへ知れず（永井建子作）」とはちょっとオーバーですが、壺坂霊験記の逆さを地でゆき細君の手を取って、こけつまろびつしながら（これも大袈裟）尊い（？）一票を投じてきました。

今月の予定が殆どガタガタになり、ゴルフもテニスもキャンセルなどと呑気なことを云っては、希代の豪雪で苦しんでゐる地域の方々に申訳ない次第、現に身近なところでは、私が長年親しくしていただいてゐる元当クラブ会員のC氏の会社の山梨工場では、多数の従業員が工場に閉込められて帰宅できず、食料枯渇の大ピンチ、東京から支援物資を満載して救援に向かったのですが、道路閉鎖等で現地到着もなかなか侭ならぬ状態です。

さて、尊兄設計の硫黄島「鎮魂の丘」をはじめ島のことなどを、詳しくご教示頂き有難うございました。今まで悲劇のこの島のことは漠然としかイメージできなかったのですが、物理的にも精神的にも深く関りを持たれただけに尊兄の記述にはずっしりと重いものがあり、更《あらた》めて粛然襟を正す思ひで一気に読みました。

尊翰の記述にもまたその行間にも、モニュメント設計への貴兄の気迫が犇々《ひしひし》と感じられました。特に谷口吉郎氏といへば、我々門外漢には「ああ、たしか東京工大教授で有名な建築家」程度で特別な思ひ入れは持ちやうもありませんが、若いころの尊兄達にとっては、兎も角も雲の上の人なのかも。（私のかなり年下のデザイン設計の従弟に、私が「明日、相田さんとゴルフだ」と云ったら貴兄を「雲の上」の人と云って吃驚したやうに――）貴兄が敬意を拂って、丁寧に説明するほどですから、その「戦没の碑」は立派なものなのでせう。（キリシタン墓地などと云った浅はかさを反省！）その巨匠を向うに廻しての檜舞台、嘸《さぞ》や武者震ひをされたことと推察します。

前回ご教示の釋超空の歌碑にも感銘しましたが、今回ご紹介の碑文、特に山本健吉氏のものは一語たりとて贅語のない簡にして要、間然するところなき名文ですね。これが貴兄渾身の力作「鎮魂の丘」に錦上花を添へてゐるわけですね。序でですが、日頃小生愛用の山本健吉監修の日本大歳時記を繙きながら、さう云へば同氏が深く師事してゐたのが折口博士、その釋超空（折口信夫）の歌碑も並んで建立されてゐるのも、なにか運命的なものがある、などと想像しました。

ところで、山本健吉と貴兄のコンビ（？）と云へば、大分前に頂いた『相田武文建築作品集』に掲載の御作、文京区小石川「東京都戦没者霊苑」にも同氏の碑文があると聞いてゐますが、掲載写真の注記に1988とあるところをみると、霊苑の方は硫黄島より数年後ですね。だとすれば、それは同氏最晩年の文章、ことによると絶筆ではないでせうか。

そろそろ貴兄への返信を、と考へながらも、ついつい先延ししてゐた二、三日前に、雑誌『WILL』二月号を拾ひ読みしてゐたら「マンデラ礼賛報道に異議あり」といふコラム欄が目に留りました。コラムの筆者は、曩《さき》に他界したネルソン・マンデラ南阿大統領が人種差別と闘った不屈の指導者であり、南阿共和国の愛国者であることを充分認めながらも、世界（日本も）の報道が礼賛一色なのに次の二点で異議を呈してをりました。その要旨をご紹介します。

その一つは、南阿共和国に囲繞《いねう》された、レソトといふ山だらけの小国が同国から南阿を通過し大西洋に注ぐオレンジ川への水資源の管理と灌漑用のダム建設に着工したところ、ノーベル平和賞受賞者であるマンデラ大統領は、これを自国の水資源への侵犯だとして即座に同国への空爆命令を発し、爆撃機でダムを破壊し、守備兵や作業員を殺傷した。これによりレソト国の農地面積確保のためのダム建設プロジェクトは瓦解して、同国は失業とＨＩＶに苦しむ世界でも最も貧しく最も悲惨な国と化した。この筆者は、マンデラにケチをつけたわけではなく、国益といふ冷厳な現実を複眼的に見ようとしないマスコミの一面的な礼賛報道に一言したかつたのでせう。

その二は、マンデラが不屈の意志で人種平等を訴へたのは事実だが、これを人類普遍の価値として世界で初めて国家の意思として日本が提唱、一九一八年巴里講和会議で人種差別撤廃法案を提出、十一対五の賛成多数を得た。米大統領ウイルソンの横槍で法案は流れたが、国際会議の場で人種差別撤廃が討議された最初のケースである。内田良平らの大アジア主義者は、私財を擲ってアジア諸国の解放に邁進した。後の大東亜戦争には人種解放の側面があったことは否定できない。昭和天皇独白録の冒頭にこのことが記されてゐる。現に米側の加州移民局長にさへ「日米戦争の人種的側面――アメリカの反省」といふ著書がある。

日本は人種差別撤廃の思想に拠って戦った。――硫黄島の海軍司令官市丸利之助中将は、ルーズベルト宛の書を残して曰く「……卿等は既に充分なる繁栄にも満足することなく……ただ東洋の物を東洋に帰すに過ぎざるに非ずや。卿等何すれぞ斯くの如く貪欲にして狭量なる……」裂帛《れっぱく》の名文で綴った地染めの遺書がマッカーサー記念館に残ってゐる。

この大戦を契機にアジア諸国が独立。戦後、そのアジアの首脳が集ったバンドン会議で、日本が戦ったお蔭だとの異口同音の声があがった。日本は敗れたが、国を挙げて提唱した人種平等の思想が世界の大潮流となった。これなくして、キング師もマンデラもオバマもあり得ない。嘗《か》って日本が蒔いた「一粒の麦」が、世界に人種平等の豊穣をもたらした。マンデラ礼賛もいいが、かうした自国の果した役割や歴史も併せて触れてくれ。東京裁判で少数意見の判決を書いた印度のパール判事は云った、「罪の意識を植込まれた民族に未来はない」と。メディアよ、しっかりしてくれ。……。

——引用が長くなりましたが、ざっと、こんな趣旨のコラムでした。

勿論筆者は単純に全てを美化してゐるわけではなく、列強のパワーポリテックスの現実を踏まへた上、歴史の斯かる側面も考へよ、と指摘してゐるものであることを、この筆者の名誉のため付言します。

さういへばマンデラ氏は日本に二、三度来てゐて、人種差別撤廃に日本の果した役割や日本の近代化の歴史や教育などに好意的なコメントをしたり、原爆投下や都市の無差別爆撃の方が寧《むし》ろナチスに近いなどと云ってゐたのを新聞で読んだ記憶があります。

長々とこんなことを書き綴ったのは、前便で私がちょっと触れた市丸少将（戦死後中将）のことが、このコラムに書かれてゐたので、つい嬉しくなったからです。遺書は格調高いものといふだけで全文を憶えてゐなかったので、この際パソコンで調べてみたら出てきたので吃驚しました。あらためて読んでみたら、当時のインテリ軍人のひたむきな思考がほの見えて興味深いものがありました。長文なので転記できませんが御一覧をお奨めします。

最後に、貴兄の前便で「鎮魂の丘のイメージを固める辛苦は判るまい」と挑発されたので悔しいから昔頂いた尊著を睨めっこ。まづ『Ｖｉｓｕａｌ・Ｓｏｌｉｄ』は早々とギブアップ。『遠い建築への道』と『建築作品集』とを見較べ乍ら二読、三読。難行苦行どころの騒ぎではない。〈モダニズムを突き破って、沈黙の空間を志向して饒舌の空間を垣間見たり、饒舌の世界に沈黙が潜んでゐて、然し沈黙を思考して充足を求めるのは楽観。遊びから積木。ついには、形態は虚構に従ふ〉とくると、判らないことを判れと強姦させられ、判ったやうな気分になるから不思議です。尊兄の感性の獰猛なまでの強烈さを認識しただけが収穫でした。――草臥《くたび》れるから止めます。

河津光紀

平成二十六年二月二十五日

高幡不動での昼酒——年寄りに乾杯

河津光紀様

久方ぶりの大雪。かみさんの手前、わが家の前をほんの少し形ばかりの雪かきをしました。河津兄の方面は、大変だったようですね。

過日、友人二人とゴルフをしたとき、その二人はすでに奥さんを亡くし、現在ひとり暮らしとか。彼等は、口をそろえていわく「奥さんを大事にしなさいよ」でした。壺坂霊験記「夫は妻に慕いつつ……」とはいかないまでも、お互い、「カミさん」を「上様」「山の神」として、時には祭っておいた方が無難にこの世を終えるような気がします。

小生の作品集の中で「東京都戦没者霊苑」に眼をとめていただき、うれしく思います。この作品も「鎮魂の丘」に劣らず思い出の深い作品です。ここの碑文は、たしかに山本健吉氏によるものです。霊苑が竣工したのは、一九八八年三月です。調べてみましたら、山本健吉氏は、同年の五月に亡くなられております。貴兄のご指摘のとおり、最晩年、ことによると絶筆ではないかと。「さすが、河津さん!」感銘深い碑文なので以下掲げます。

碑文

あの苦しい戦いのあと、四十有余年、私たちは身近かに一発の銃声も聞かず、過して来ました。あの日々のことはあたかも一睡の悪夢のように、遠く悲しく谺して来ます。だが、忘れることができましょうか。かつて東京都の同朋たちの十六萬にも及ぶ人々が、陸に海に空に散華されたことを。あなた方のその悲しい「死」がなかったら、私たちの今日の「生」もないことを。

そして後から生れて来る者たちの「いのち」のさきわいのために、私たちは何時までもあなた方の前に祈り続けることでしょう。

この奥津城どころは、私たちのこの祈りと誓いの場です。同時に、すべての都民の心の憩いの苑でもありましょう。

この慰霊、招魂の丘に、御こころ永遠に安かれと、慈にこれが辞を作る。

山本健吉

尚、由来文は、角田房子氏によって書かれました。

私は、昨年の八月十五日、妻と参拝に行きました。帰りは、後楽園の雑踏の中で食事をすることになり、非日常と日常のコントラストの強い日であったと記憶しております。桜のシーズンにでも、一度ご夫妻ともどもご一緒しませんか。この霊苑も二十五年経ちますと桜の木も大きくなり、隣接する礫川公園の桜と相まってうつくしいのです。建築は、年々朽ちてゆくのに、桜は、ますます輝いていく。その桜もやがては……。

「マンデラ礼賛報道に異議あり」の文章、興味深く拝読しました。歴史はとかく戦勝国のものが色濃く残り存続するのが常のようです。敗戦国日本のはたした歴史的事実が、良しにつけ悪しきにつけ消されたり歪曲されるのを、我慢ならないという人が私の周囲にもおります。我々の世代はともかくとして、若い世代の中学、高校生に対して近現代史を正確に教えておく必要があるでしょう。

市丸少将の文章、パソコンを開いて読みました。久方ぶりに漢字とカタカナ交じりの文章を拝読しました。この中で、現在においてもその状況は変わらないと思われる文章に出会いました。硫黄島最後の戦い、死を前にした人間が、これほど冷静に書けるものかと感嘆いたしました。

〈凡ソ世界ヲ以テ強者ノ独専トナサントセバ、永久ニ闘争ヲ繰リ返シ、遂ニ世界人類ニ安

寧幸福ノ日ナカラン。〉

この手紙には同時に英文も添えられており、三上兵曹という方が訳されたとのこと。この軍人も肝が据わっていたに違いありません。

英文では、「安寧幸福」がpeaceとhappinessという語になっておりましたが、この時代背景の中で「安寧」「幸福」という語彙は、暗闇の中に一筋の光を見出そうとする思いがみてとれます。

私の作品集などを読んでいただき、甚だ恐縮をしております。私だけではなく建築家の文章はとかく分かりにくいといわれております。私も雑誌の編集者などから、分かりやすく書いてください、といわれておりましたが、建築空間を語る時は、とかく難解になりがちで、本人にも理解しがたい模索の穴倉に入り込んでしまう時があります。「感性の獰猛なまでの強烈さを認識しただけが収穫でした。……草臥れるから止めます。」貴兄からの最後の頁に書かれた右記の文章を読んでいて、ありがたいやらおかしいやらで、一日中ほくそえんでおりました。（失礼！）

高幡不動尊の案内、ありがとうございました。奥さんもお元気な様子で安心いたしました。うちのカミさんもはしゃいでおりました。高幡不動駅を通り過ぎるのみで、一回も参拝したことがなく、本当に良い機会を与えていただきました。都市近郊にあるお寺さんらしく、コンパクトにいろいろの施設が納められており、良く整備されているという印象をうけました。また、印象に残ったのは、新撰組の近藤勇や土方歳三が厚く遇せられていることです。彼等の出身地に近いという理由以外に、何かありそうですね。寿司やでの昼酒、なかなかの味でした。学生時代に、老舗のそば屋で老人が昼時酒をゆったりと飲んでいる姿を見て、自分も歳をとったらそうしようと。若い時には出来なかった昼時の酒。歳を重ねるにつれて酒がうまく感じるようになりました。年寄りに乾杯。

平成二十六年三月十一日

相田武文

スマホとタンゴ

相田武文様

いつも乍ら返信が遅れ失礼しました。今般の遅れの言訳は二つ、その一——これが遅れの原因の殆ど——はスマホ購入によるイライラ。その二はこのところ一寸たてこんでゐる講談口演の台本書きに追はれてゐることです。まづは、小生流体験的スマホ考現学から……。

万能は無能に異ならず。全てに対応できるといふことは、全てに不便であり、全てに役立たぬものであるといふ永遠の真理を判ってゐる筈なのに、昵懇の業者に勧められ今まで全くその気もなかったのに、ついフラフラッと愛用のガラ携をスマホに切替へてしまった。電話のやりとり、メールの送受信、住所録管理等々肝心要《かなめ》の操作が一見格好良さそうに見えながら寔《まこと》に不便不都合。精巧（これとても？）にできてゐるだけに不具合発生率が高い。電話取るにも掛けるにもなにゆゑあって斯くもややこしく作るのか。未だに使ひ方に合点がゆかず、操作に時間ばかりかかって、イライラカリカリ。

　呟き？　ゲーム？　ミュージック？　それが一体なんぼのものなのか。ネット市場の経済効果？　抑々《そもそも》、市場とは本来単に品物のやり取りに留らず、そこに携はる者の商人道を顧客が育て、更には背後にゐる職人の技術を育てるべき處ではないか。ネット交際、ネット書込の弊害？　誰が考へても起るべくして起ること。ネット情報の利便性？　天気予報や路線、地図、飲み屋情報などなら兎も角、片手でチャカチャカ得た知識？　で原典にも当らず、深く思考もせずに小忙しく立廻ってどうするってエんだよ。所詮、指先の操作で日がな時を過ごしてゐては深みのある人間が育たないこと、テレビとマンガで人物が育たぬのと同断である。――オット、これはスマホだけではなく、ネット社会そのものへの云ひ掛りでした。高い金払っての使ひ勝手の悪い代物にイライラしてゐることからの八つ当り。失礼しました。

　ともあれ、つらつら惟《おも》んみるに、ガラ携をスマホに替へたといふことは、永年苦楽をともにした古女房を捨て、若くて美形だが気性の良くない女と再婚したやうなもの。経験はありませんが、多分、世代感覚のギャップから、再婚した途端に箸の上げ下ろしにもイライラさせられるのではないか。尠くとも「オイ」と云ったら、目の前にお茶がでてくるといふわけにはゆかないでせう。序でながら、先頃逝去された藤澤嵐子さんの言葉に「アルゼンチン・タンゴは、美しいが性悪な女に悩まされ、苦しめられてゐる男の嘆きの歌だ。美しい女はとかくチヤホヤされるから、だいたいに於て性格が悪い。男は性懲りもなくさうした性悪な女に近づいて傷めつけられる」と書き残してゐます（『タンゴの異邦人』中央公論社）（この条り、美しくて性格も素敵な御内儀には無縁！）スマホと悪女の二題噺に落着しました。

閑話休題《それはさておき》貴前便で、御作「東京都戦没者霊苑」に建てられた山本健吉氏の碑文ご教示頂き有難うございました。硫黄島の碑文と同様、格調高く然も平易な名文ですね。昨年八月十五日、ご夫妻で参拝なされたとのこと、善根を積まれて良かったですね。「桜の季節にでも夫妻ともどもどうか」とのご提案のやうに、来年その時期には是非隣接の礫川公園の桜見物を兼ねて……と云っては些か不謹慎ですが、愚妻ともども御一緒に参拝させて頂きたいものと存じます。次第によっては偵察代りに、それに先だって私が参加してゐる真砂町俳句会、最近は欠席がちなのですが、会場が春日、本郷周辺なので、句会に出たときにでも、シルバー坊や、婆《バール》フレンドの仲間たちを誘ひ、この霊苑の設計は著名な建築家で私の友人だと、自慢がてら行ってみようかとも。

桜といへばけふ、ロータリークラブのブラリ旅で横浜の三渓園へ行ってきました。貴兄はご都合悪いとのことでお出でになりませんでしたが七、八名の夫人を含む二十二人の参加があり盛会でした。今回は原三溪のひ孫で三溪園所縁の隣花園のお内儀が会員のT氏と慶応大学時代のお仲間で、いろいろ便宜を図っていただきました。希代の雨男のT氏が世話役なのでハナから雨は覚悟の上、四月の雨を卯の花腐しとか。暦的には旧、新の差があるので少しずれこみますが、春雨といふにはうそ寒い一日でした。

偶々愚妻の従兄の夫人が三溪の孫に当り、園内の茶店の経営などもしてゐるため、やはり便宜を図って貰って、このところ毎年のやうに行ってゐたのですが、同園は日により、月により年により、また天候により微妙な違ひを見せてくれるので飽きません。今回は普通は非公開の三溪晩年の隠居所「白雲邸」を、三溪園の生字引と云はれる川端さんといふ方に特にお出でを頂き詳細にご案内頂いたのが収穫でした。(序でながら、私は昨年も同氏のお世話になりました)

園内の数多の建造物に通暁してゐる貴兄の前で建物のことに触れるのは桑原、桑原。桜に話を戻します。私は同園の景色の中でも、内苑から大池をはさんで眺望する外苑の景観が最も素晴らしいと思ってゐるのですが、けふのやうに雨に烟る中、辺りの緑に包まれるやうに静かに咲く桜を同位置で見ることができたのはよかった。

抑々《そもそも》、辺りを圧して爛漫と咲き誇る桜は必ずしも嫌ひ――ではありませんが、もうひとつ心に沁みる感じが摑めません。私の好きな桜は、わが世の春と咲き集ひ咲き競ふ花の名所の桜ではなく、春に遅れて緑のなかにひそと咲く山桜です。喩へば奥多摩湖の水辺の緑の裡に包み込まれるやうに控へ目に、然も毅然として咲く桜。繚乱と咲く御室の桜ではなく、人里離れた山ふところの寂光院にひそと咲く晩桜。——三渓園の桜は、人為の箱庭のなかに設へられた桜並木でありながら、そんな山里の風情を感じさせるから不思議です。

けふは四月三日、前述の隣花園で会食の乾杯のとき、昔なら祭日、神武天皇のお薨《かく》れ遊ばされた神武天皇祭だから献杯兼乾杯ですね、と茶々を入れたら誰も知る人がなく茶々が通じませんでした。尤も、この日は春休みの最中で、子供達には祭日の意識がなく、先生から教へられる機会もなかったため、昔から陰の薄い祭日でしたね。

明日は予定通り、新進気鋭の講談師寶井琴柑さんを伴って、貴邸に伺ひます。尊兄及び令夫人の御好意で開催することとなった来月の貴邸での講談会の下見兼打合せもさることながら、そのあと、同席のT氏、K氏ををまじへての同君との偕楽歓談また快飲を楽しみにしてゐます。

河津光紀

平成二十六年四月三日

拝むのが好き

河津光紀様

スマホを購入されたとか。お若い！（これはけっして皮肉ではありません）貴兄の書かれた「全てに対応できるといふことは、全てに不便であり、全てに役立たぬものであるといふ永遠の真理を判ってゐる筈なのに……」は、まさに真理なのでしょう。いろいろと八つ当たりをされている様子は貴兄らしく、当方としてはニヤリとしているところです。私の場合、昨年、カミさんとスマホを購入しようとショップにでかけました。どうせ買うならば、カミさんと同機種のほうが使い方など、お互いに分かりあえる（?）ことができるのではないかと。ちなみに、うちのカミさんは、洗濯機、電子レンジなどの家電製品は、息子や娘の家庭が使っているものと同機種のものを購入しているようです。

ショップのお嬢さんに夫婦でいろいろと質問。大変親切に応対していただいたのですが、結局「おやめになったほうが、よろしいようですね」と。このお嬢さん、われわれの危機を救ってくれた女神ではないかと、貴兄の便りを読むと、そう思えてくるのです。しかしながら、貴兄も一年ぐらい経つと「いまどきスマホも使えないようでは、この先、生きていても意味がない」などと小生にのたまう姿が眼に浮かんできます。

スマホへの八つ当たりが、アルゼンチンタンゴにまで及ぶとは。「性悪な女に近づいて傷めつけられる男」とスマホの類似性は、なかなか面白い見解（?）です。大学の入試問題に「アルゼンチンタンゴの歌詞に、性悪な女に傷めつけられている男の嘆きが語られているが、この事象とスマートフォンとの類似性について述べよ」という問題をだしたら、いまどきの若者、どのような答えをだすのでしょうか。タンゴといえば、いつぞや神田の喫茶店に行きましたね。そこで飲んだビール「ギロチン」というのを再度味わってみたいのです。ご一緒しませんか。

三渓園に行かれたとのこと。私も何回か行ったことがあるのですが、いつも気ぜわしい滞在で、ゆっくり見学したことがありません。山里の風景を感じさせるなかにある桜、春に遅れて緑のなかにひそと咲く山桜が好きだという貴兄の思い、さすが俳句をたしなむ御仁は違うなと感心しております。私はもっぱら「花より団子」。

ところで、この歳まで、まったく知識として知らなかったことに遭遇し、われながら日常の勉強のたりなさに反省している次第です。といいますのも、貴兄も関係している団体の教育部会に出席しました。（貴兄は欠席されておりました。）私立大学に三十八年間も勤務していて知らなかったのですが、現在行われている私学に対する助成、つまり私立学校振興助成法による助成は憲法違反ではないかという話です。そして、憲法違反を免れるために私立学校振興助成法を便法としてつくったのだと。

事務所に帰ってからパソコンを開いて調べてみましたら、憲法八十九条には、左記のように書かれておりました。

「公金その他の公の財産は、宗教上の組織若しくは団体の使用、便益若しくは維持のため、又は公の支配に属しない慈善、教育若しくは博愛の事業に対し、これを支出し、又はその利用に供してはならない。」

これは、政経分離、税金の無駄使い防止などを目的とした規定のようですが、この条文を素直に読むかぎり、現状は憲法違反のような気がします。多くの私学は、この私立学校振興助成法を通して、国から補助金を受けとっていなければ財政的に成立しないでしょう。現在、憲法論議が盛んなようですが、理系出身の私にとっては、とっつきようもなく、文系出身の貴兄の意見を拝聴したいと思ってます。ついでながら、GHQの英文による草案が併記されておりました。私の語学力で、日本文の条文との比較をするのは些かはずかしいのですが、ほぼ同じ意味だと理解できます。巷にいわれているように、ここではGHQ

の草案をそのまま日本文に翻訳したのではないかと思えるのです。その他の条文については、私の興味の範囲をこえているのでこの辺りで止めにしますが、当時の憲法学者などは、この条文の作成にどのように関わったのでしょうか。一昔の前のことならば何でも知っている(?)貴兄に教示願いたいと思います。

突然内輪の話になりますが、うちのカミさんのような人間を信心深いというのか、なんともいいようがないのです。つまり、神社、寺院、教会なんでもござれお参りするのです。昔、私の後輩が、ある県から議員に立候補しないかと打診され、最終的にはことわったのですが、その時に選挙参謀からいわれたことは、選挙カーにのって「電信柱や郵便ポストにも御辞儀ができますか」と。彼は、そこまではできないと思ったそうです。

信仰の話とは、大分シチュエーションが異なりますが、カミさんはともかく「拝む」のが好きなのです。ということで、先週の日曜日、新幹線に乗って墓参りにでかけました。お墓は兵庫県の鳴尾というところにあり、線路をはさんで甲子園球場の反対側にあります。カミさんの親族の墓、無縁仏の墓、近くの神社などです。岐阜県にいる息子の娘が、七五三の祝いをした時にも感じたことですが、過疎化の波、信仰心の薄れなどなどにより、寺社の維持が困難だということです。好況と不況、集中と過疎などが、神仏にまで及んでいるかと、いまさらながら寂しい思いをしました。

それにひきかえ、スーパーマーケットの賑わい。甲子園近くのスーパーで仏花やお神酒を買ったのですが、その日は阪神戦があるとのこと。あの服装のハデなこと。あの出で立ちで酒やらツマミらしきものを買っていく、ものすごいエネルギー。とにかく賑やか。あの神社の寂しさと一体感をともなった野球観戦人のエネルギー、コントラストの強い一日でありました。

過日の琴柑女史を交えての歓談、楽しいひと時でした。窓越しにわれわれの様子をみましたら、美女を取り囲む三人の老いた野獣という構図になるのでは？　貴兄の前座を含めて、五月二日は、楽しみにお待ちしております。

相田武文

平成二十六年四月二十三日

世はすべからく講談調

相田武文様

大分御無沙汰しました。所属クラブの会合で常時お会ひし、かつ夜の巷で屡々杯を交し合ってゐるのに、ご無沙汰との挨拶は奇妙ですが、先般の貴邸での講談の会は大盛会にて欣快でした。遅れ馳せ乍ら御礼申上げます。特に令夫人にはいろいろご面倒、お気配りをおかけしました。

寶井琴柑さん、なかなか良くなりました。流石はプロ、お耳古き「一豊出世の馬揃へ」〔山内一豊の妻千代女の内助の功の物語〕にも独自の工夫がほの見えて面白い。この夜の聴衆はそれぞれ斯界で名のある孰《いづ》れ劣らぬ錚々たるヂイサン達、その爺さん連中を手玉に取って発声練習をさせた度胸もなかなかのもの。序でに小生の拙演までお聞き頂き恐縮でしたが「正直俥夫」〔正直の賜で貧乏俥夫が大いに出世したといふ明治の正直美談」は近頃気に入りの演目なので自然拙演回数も重なって、素人なりに少しは明治初年の空気らしきものが出せるやうになったかとも？

明治と云へば、「紅露逍鷗」をはじめ明治の文豪達は殆どが講談好き。特に夏目漱石の講談好きは有名で、若い頃から寄席通ひ。長じては私邸に講釈師を聘んで演じさせてゐたと云はれてゐます。日頃私がご好誼を頂いてゐる郷学研修所理事長のY氏（同氏は、陽明学東洋学の泰斗、安岡正篤先生の令息）から伺った話ですが、ご尊父正篤先生は先代（五代目）寶井馬琴師を「酒友」といって随分贔屓にしてゐて、折にふれて私邸に聘《よ》んで講談を聞くのを楽しみにしてゐたさうです。

政治家の世界でも昭和のなかごろまでは、講釈師を私邸や料亭に聘んで、講談を聞く人が少なくなかったといはれてゐます。これは、徳川家康が赤松法印といふ僧侶を召出して軍談を講義讀釋させた顰《ひそ》みに倣ったものかどうか判りませんが、近ごろの政治家で私邸や料亭に講釈師を聘んで講談を聞いてゐる方などゐませんね。今どきの政治家には、心棒のしっかりした風格や、宏量大度といった風貌をあまり感じられないのはその所為《せゐ》ではないか。アジビラのやうな新聞だけ読んで、マンガやスマホに明け暮れしてゐたのでは、人間に深みなど出てくる筈がありません。よろず聴かずんばあるべからざるものは講談である。その点、尊兄は私邸に講釈師（それもプロアマ双方の可愛らしい希望の星を?）を招聘して口演させてゐるのですから、尊兄も明治の大文豪や往年の大政治家達と肩を並べたと云っても過言ではない。――実はこの一言が言ひたくて縷々前置きをした次第です。

協和協会の教育部会で憲法八十九条が論議された由、当日欠席してゐたのでどんなお話だったか判りませんが、「お前は文系だから」と云はれても、それは、「貴兄は理系だからIPS細胞やスタップ細胞が判るだらう」といふやうなもので、法学者でもなく、法学部出身ですらない私にコンメンタール的なことは云へません。然し「政教分離」と云ふ言葉が「日本では或る種の勢力にとっては意図的に、多くの場合は無邪気に誤解されて使はれてゐる」と指摘する識者があり、私も歴史的な経緯に鑑みてそのやうに思ひます。

憲法八十九条は二十条等所謂政教分離に係る諸条項と関連してゐるのでせうが、素人眼で読んでも如何にも人造国家アメリカ的な匂ひ（臭ひ）がフンプンと感じられます。この条文に限りませんがこの憲法には日本の風土や長い歴史に自然に培はれてきた習俗や意識構造、惹いては民族性や国民感情に深く根ざしてゐるところがない。国家の大典がまるで宛行扶持《あてがひ》の、交通法規みたいなプラスティック憲法とでも言ふべき代物。本来なら主権回復とともに廃法処分をして新たに自主憲法を制定すべき代物、今となっては俄かには為しがたい状況にある為、社会通念上からも明らかな現行法の弊を補ふために、法解釈に於ては、単なる字句の解釈にとどまらず、より深く民族的な土壌や国民性、更には国際間の政治力学の現実を加味して国家的見地でなされるべきものではないか。（いま論議がかまびす

しい集団的自衛権問題などもその好個な事例でせう）

かうした観点に立って条文を読めば、一定の条件で宗教性の排除が担保される限りに於て神社仏閣の施設などが民族共有の文化資産として保護されるのと同様、私学と雖も国権のおよぶ範囲下にある限り、それへの助成金も憲法八十九条に抵触すると一概に解釈する必要はないのではないかと愚考します（序でながら、地鎮祭訴訟や玉串奉奠訴訟、日本遺族会訴訟、靖国訴訟等々、愚にもつかぬことを乱訴して国費を無駄遣ひする風潮は如何なものか、斯かる乱訴を弁護士先生がビジネスチャンス拡大のために煽ってゐるとすれば職業倫理に悖《もと》る行為ですね）

だいたい、東洋史や西洋史の世界でも政治と宗教といふ問題が、いろいろな局面でいろいろの意味合ひで出てきますが、大雑把に云へば、それはそれぞれの歴史に於ける王権と教権とのギブ＆テイク、癒着と軋轢のシルエット劇だったのではないか。そして、それらのなかから不可避的に「政教分離」といふ概念が颯爽として登場してきた最も顕著な事例が、ローマ教皇惹いては神聖羅馬帝国の桎梏に呻吟する王権の叫びであり、更にはそれが、西欧諸国が国民国家へと脱皮してゆく過程での王権（仏蘭西革命後には政権）の反撃だったのではないでせうか。

わが国の歴史では白河天皇が「加茂の流れと賽の目と山法師」とぼやいた程度のことはあっても、幸ひにも教権の桎梏といふ深刻な経験がなかった。素人談義ではありますが、これは、もともと宗教といふものがわが国では、習俗慣行（格好良く云へば醇風美俗）といふことと殆ど同義であり、天地玄黄、山川草木、鰯の頭もみな神様、神様が八百万柱もゐておまけに平将門のやうなアンチ体制派でも鎮魂のためにマアマアお静かに、と神に祭りあげてしまふ、こんな平和な民族はあまりゐないのではないか。（罪九族に及ぶ、血肉を啖《くら》っても慊《あ》き足らぬ、落ちた狗は叩け、などと某国のやうに阿漕《あこぎ》なことは云はない）

仏教伝来の時がこの平和な民族にとっての大きな危機だったが、物部氏と蘇我氏との権力争ひがあった程度で、さしたるアレルギー反応もなく、聖徳太子の以和為貴（和ヲ以テ貴シト為ス）で幕引き、捨てる神あれば拾ふ神あり。本地垂迹《すいじゃく》などと判ったやうな判らぬやうなご託宣にも、お説ご尤もと妙に納得して万事うまくゆく。何とも結構な民族のＤＮＡが培養されたものです。

尤も、日本の歴史に於ても欧羅巴ほどではないにせよ宗教といふものに対しては、国家統治の上からは常に過不足のない配慮と警戒心をもたなければならない存在であったことは変りはありません。例へば信長が渡来した耶蘇教を奇貨としてこれを優遇し、南都北嶺勢力に対するアンチテーゼとしたこと、そしてその耶蘇教が予想外の早さで民心を捉へ、高山右近に代表されるやうな切支丹大名などが出現するに及んで、豊臣秀吉が一転、迅速果敢にこれを禁制とし、徳川政権がこれを踏襲したこと、そして更に、明治国民国家が確立して統治機構が整備されるのを俟《ま》って、再転、機敏にこれを解禁して信教の自由を保障したこと等々、その孰《いづ》れの局面にあっても時々の為政者がいかに賢明であったことかと、歴史の推移に鑑みて今更ながら舌を巻くと同時に、さうした先人達をもった倖ひに胸キュンたる思ひを禁じ得ません。（これは、宗教の教徒迫害の是非や敬虔な篤信家への敬意、殉教者へのシンパシーなどを否定するものではなく、それとは別の次元で、国家統治の観点からのことであることはいふまでもありません）

二十世紀に到る数世紀間、亜細亜の多くの諸民族が「右手に鉄砲、左手にバイブル」の西欧列強の毒牙にかかり、永らく植民地として呻吟してきた一事を省みただけでも、近代的国民国家の形成なき侭、世界的に強大な一神教に曝されたら、部族氏族社会が細々と維持してきた土俗的な宗教などがひと堪りもないことは自明の理ですね。それは恰も豺狼《さいらう》の洞穴に身を投げ出すやうなものです。

縷言《るげん》すれば、教義の是非はともあれ、一神教といふものは何とも厄介な代物です。過去も今も世界の紛争の殆どは一神教に起因するのではないでせうか。因みに共産主義とその親類筋にあたる各種のイデオロギーも一神教の兄弟です。広義のこれら一神教には孰れも教義としては、それなりに掲げる理想や理念、真摯な善意はあるのでせうが、結果として世界史のなかに途方もない厄災を齎《もたら》したことは厳然たる事実ですね。

――貴信の憲法八十九条問題の提起につい触発されて、われ面白《おもしろ》の勝手気侭な講談的政教分離談義を縷々述べてきましたが、自分でも何を言ってゐるのか（？）大分草臥《くたび》れました。調子に乗ってベラベラとやってゐる私が草臥れたのですから、友人の誼みで我慢して読んで頂いてゐる尊兄は疲労困憊のことと存じます。友情を毀損しない為にここらで止め、話を貴兄の前便に戻します。

貴信によれば、令夫人は神社、寺院、教会、なんでも、拝むのがお好きとのこと、これはとても素晴らしいことですね。よろず信心といふものは斯くありたいものです。さうした豁達な心ならばよいのに、宗教が往々にして危険なのは、動《やや》もすると我が仏尊しと許り善意（と錯覚してゐる）の押売りをするからではないでせうか。

奥様のやうに行住坐臥、水の流れる如く清澄な心を持してゐれば、目に触れ耳に聞ゆるすべてのものが有難く（難有《アリガタシ》――語の本来の意味で）叢祠古祇《そうしこぎ》と雖もおのずと拝む心が湧いてくるのではないでせうか。「あらたふと青葉若葉の日の光―芭蕉」の句心にも似る。奥様は慥かクリスチャンと伺ってゐますが、以前「子供の修学旅行に神社仏閣があるのは信教の自由に反する。クリスチャンとして精神的苦痛を受けた」と訴訟したといふ話を新聞記事で見たことがありますが、狭量と云はうか莫迦《ばか》と云はうか、その心映えに於て、同じクリスチャンといっても奥様とは雲泥の差がありますね。

奥様と同じ、何でも拝む派の著名なクリスチャンを二人あげます。一人は新渡戸稲造（台湾総督府時代に彼を聘《よ》んだ総督児玉源太郎もクリスチャンではなかったが、なんでも拝む派）もう一人は曾野綾子。それぞれに面白い逸話があるやうですが長くなるので止めます。（もう充分長い？）

実はウチの細君もどちらかと云へば、何でも拝む派です。奥様と異なりクリスチャンではなく、家の宗派が禅宗なので一応仏教徒といふことでせうが、与論調査流に云へば、完全な無党派層。拝む派といひましたが、拝むといふよりは何でもお賽銭を上げるのが好き派（経済的理由でコインに限りますが）それと何でも派なのですが、自分でポンポン拝むといふより亭主指図派で、今朝は神棚にお参りしました？ もうすぐお正月、神棚の掃除は？ お彼岸のお中日ですヨ、どうするの？ などなど。マア自分も神社仏閣への参詣は人並みにしてはゐます。教会へは冠婚葬祭でもなければ夫妻ともゆくことはあまりありません が、細君はコーラスでお世話になる前から、多少切支丹の御詠歌（私には讃美歌とか聖歌などといふ言葉は気恥ずかしく口慣れず、この云ひ方がピッタリ感あり）を結構知ってゐるやうです。さう云へば私の母も若い頃、♪廏で生れたエスさまは……とか、♪ナントカ、ナントカのマリヤ様……なんて歌を歌ってご近所から多少ハイカラっぽく見られてゐました。私などは仏教の御詠歌でも或は切支丹の御詠歌、所謂讃美歌でも、何ともこっ恥づかしくて歌ふことができないのですが、世の女子諸君は切支丹御詠歌がお好きのやうです。

返信が遅れた分、長くなってしまひました。こんなに長い駄文を書く遑《いとま》があったら、神保町のタンゴ喫茶ミロンガへ行った方がよいですね。経営者が変り昔の本格的タンゴ喫茶の面影はありませんが、今やそこには世界の著名なビールがある。貴兄にはその方がよい？

平成二十六年六月二十六日

河津光紀

牧師と僧侶

河津光紀様

今回は、常より長文のお便りをいただき、その分楽しみが増えました。楽しんでいるのは、いささか自虐的な趣を含んでいるからです。といいますのは、今回も電子辞書片手に、この歳まで見たこともない（？）漢字を追い求めているからです。さらに、この暑さの中、うちわも片手に持たなくてはならないので、二本の手では足りないといった状況に追い込まれております。

拙宅での講談会のこと、皆さんに楽しんでいただき良かったと思っています。あらためて、御両人に御礼を申し上げたいと思います。カミさんは、プロ、アマご両人の講談に涙して聴いていたとのことです。宝井琴柑さんは、素人目にもうまくなっているようで、楽しみです。

住宅事情や諸々のことがあって、現状では家に講談師を呼ぶのは難しいでしょう。当方に気合が入りましたら、またやりましょう。

貴兄の文章の中に「尊兄も明治の大文豪や往年の大政治家達と肩を並べたと云っても過言ではない。」と。いやはや恐れいりました。穴があれば入りたいどころか、あちこちの穴では足りない位です。貴兄の講談談義もここまでくると、もはや八つ当たりの相をおびてきたのではないかと。「近ごろの政治家で私邸や料亭に講釈師を聘《よ》んで講談を聞いてゐる方などゐませんね。今どきの政治家には、心棒のしっかりした風格や、宏量大度といった風貌をあまり感じられないのはその所為《せゐ》ではないか。」と。しかし、一理はあると認めざるをえません。

憲法八十九条問題にかかわる貴兄の講談的政教分離談義、勉強になりました。おそらく、日頃の持論を展開されたのではないかと推察いたします。

「なんでも拝む派」の著名なクリスチャンが新渡戸稲造と曾野綾子だとは、知りませんでした。クリスチャンであることは知っていたのですが、流石です。貴兄風にいえば、切支丹の御詠歌は、私も苦手です。教会での冠婚葬祭の時、何か身体と一致をみない気分になり、口をモグモグさせていることが多いのです。

話は少し変わりますが、友人の母親が亡くなった時、教会の牧師の話が非常に良かったと記憶しております。その後、こういう機会に遭遇した時に思うのは、死者に対する敬愛の念は、キリスト教の牧師の方が、仏教の僧侶より、その表現が豊かであると感じることが多いのです。これは、どこに起因しているのでしょうか。仏教が、もはや現代では日常の生活に浸透しえなくなったのか、また、あの経そのものが中国からの伝来そのままで、日本語に翻訳されていないまま今日まで来てしまったためか、などと考えてみたのですが、いかがでしょうか。

いまから三十年ほど前、浄土真宗の御寺を設計する機会があり、そこの住職がこの本を読んでおいてくださいと渡されたのが、岩波文庫の「浄土三部経」（上下二巻）です。手元にある本を再度手にとってみますと、中村元、早島鏡正、紀野一義訳注によるもので、「仏説無量寿経」「仏説観無量寿経」「仏説阿弥陀経」がおさめられております。浄土教の根本経典がこの「浄土三部経」とのことです。この本をあらためて眺めておりますが、内容はほとんど記憶にありませんでした。この本には、原典のサンスクリットからの訳と漢語からの訳が掲げられておりますが、サンスクリットからの方がインドの情景が思い浮かんだように記憶しております。また、平易で分かりやすかったように思います。

我々日本人は、もしかしたら微妙に肌合いの異なる経典をありがたがっていたのかもしれません。七十代になってから、三年間ぐらい休み休みですが、写経をしたことがあります。「魔訶般若波羅密多心経」（多分この題名だったと思いますが）という経で全六〇〇巻あるそうです。版木からコピーしたもので、漢字自体が不明のものもあり、それこそ電子辞書たよりに五巻書きうつしました。住職に経の意味を問いましたら、意味が分からずともひたすら書けばよいと。何かものたりなさを感じた次第です。既にあるかどうか知りませんが、サンスクリットから正確な日本語に翻訳された仏教の経典があればと思います。昔聞いた話ですが、文学を志そうとする者は、聖書を読んでおけということです。私の知るかぎり、仏教の経典を、という話は聞いたことがありません。外国のホテルに泊まった時、英文の仏典があったときには、なにかほっとしました。日常的に、美しい日本語の仏典があればと思うのです。

先月は、私の誕生月で、いつのまにか七十七歳になりました。「馬齢を重ねる」という慣用語がありますが、馬にたとえるほど謙遜する気はないのですが、馬並みに元気で生きてこられたこと、萬の神に感謝です。喜寿の祝いをしていただきました。息子や娘の家族たちと新宿で食事、久方ぶりに孫の顔を見る機会をえて、人並みの幸せをかみしめた次第です。

さらに嬉しい思い出となったのは、芝浦工大相田研究室の出身者が中心になって喜寿の祝いをしていただいたことです。「駒形どぜう」の二階に、六〇余名の教え子や奥様たちが集まりました。教え子といっても、なかには私と三、四年しか年齢差がない兄弟みたいな御仁もいます。大学に就職した当初は、学生とあまり歳の差がないので、銀座のバー

（高級な店には薄給ではいけません）に行きますと「本当にこの人先生？」と言われたものです。いまや老教授（？）となり、中身はともかく外見だけは先生にみえるでしょう？　中身もなく、ただ外見だけの若さであった青春時代、恥ずかしさが蘇ってきたと同時に、何かモノワカリのよい老人にはなりたくないという思いが、同時進行した一日でした。

七月上旬、鹿児島県に三日間の旅行をしてきました。芝浦工大校友会の鹿児島県支部の招きで宴会に出席してきました。先生は私一人だったので、かつての教え子たちの働きがあったようです。理工系の中では、建築系の出身者がこのような会で活躍する場合が多いのです。

鹿児島に行くことが決まりましたら、ついでに鹿児島大学で講演をということになり、学内にある稲盛記念講堂で「自作を語る」というテーマで、映像を交えて行ってきました。学生や建築家の人たち、約一五〇名、熱心に聴いていただきました。久方ぶりに若返った気分になりました。短い日程でしたが、鹿児島市内から指宿の方面まで足をのばし、新旧の建築や庭園を見学してきました。貴兄もすでに行かれたことがあるかと推察しますが、今回印象に残ったところを二、三掲げます。

「仙巌園」

島津家の別邸として築造された庭園とのことですが、当時の薩摩藩の威光を感じさせせます。日本庭園の作庭の手法に、池と築山を配することがありますが、ここでは、錦江湾の海と桜島をこれに見立て、その雄大な風景は、日本庭園の中でも数少ないものの一つといえるでしょう。大河ドラマ「篤姫」のロケ地になったとかで、多くの観光客が訪れておりました。他県に行った時にも感じたのですが、大河ドラマによる観光収入は計りしれないと思われます。多分、一過性になると思われますが。

しかし、地方の振興が叫ばれている現在、東京、名古屋、大阪圏を除いて、各地につながるドラマを創りあげ、大河ドラマは無論のこと、連続ドラマを朝から夜中まで流せば、歴史認識と地域振興が同時に進行するのではないかと、夢想しました。

「集成館」

この庭園の隣に集成館とよばれる工場群の跡地があります。幕末、藩主の斉彬が欧米列強による植民地に抗し、ここに製鉄、造船、紡績、ガラス(薩摩切子)などの研究や製造を行っていたとのこと。すごいですね。実際、生麦事件に端を発した薩英戦争では、英国海軍の七艘もの敵艦に対し善戦したとのこと。実際に植民地化されないで済んだのですからメデタシメデタシです。

植民地化されていたら、今頃、のんびり往復書簡などと、しかも日本語を使って書いておられない状況だったに違いありません。まかり間違えば、今頃ようやく国政選挙が始まり、あるいは、独裁者による統治で、食うや食わずの日常だったかもしれません。

「知覧武家屋敷庭園」

薩摩藩は、領地を外城と呼ばれる制度をつくり、武士集団を分散して住まわせたとのこと。これを麓集落というのだそうですが、この麓の一つが、この知覧にあります。軍事的な意味合いから、道は直線をさけて湾曲しており、門から直接屋敷の内が見えないように、かつ、直接侵入できないように壁（屏風岩）が施されております。通りの舗装がやや素っ気ないのですが、石垣と生け垣が連なる屋敷群は、抜群の風景です。建築は、知覧が琉球との貿易港であったこともあり、その影響の跡がみられます。

私がこれまで訪れた歴史的町並みの中では、ベスト三に入るのではないかと思います。

「知覧特攻平和会館」

ご存じのように、この知覧の地より多くの若者が特攻隊の一員として飛び立った所です。膨大な数の若者の写真や遺品を眼前にし、あらためて、この方々の犠牲の上に今日の平和が存在するのだという思いが湧いてきました。そして、私が二十数年前に設計した「東京都戦没者霊苑」の時の思いが、再び蘇ってきました。この施設にも写真、遺品、遺書などが展示されております。一般に公開されている施設と広場なので、多くの方に見ていただきたいと願っております。平和のあり方を考えること、日本人の一人として必要なことであると考えます。

約一カ月後は、八月十五日です。この日には、「東京都戦没者霊苑」に参ろうかと思っています。昨年も行きました。

暑さ厳しき折、お身体に気をつけてお過ごし下さい。決して二日続けてゴルフなどをなさらないように願います。

相田武文

平成二十六年七月二十一日

紅露逍鷗が読めない!!

相田武文様

尊兄のことですから当然とはいへ、鹿児島への講演旅行など充実した日々を送られてゐるご様子、敬意を表する次第です。そのことについては後で触れさせて頂きますが、まづは喜寿を迎へられて、ご家族や教へ子の方々に盛大に祝って貰ったとのこと、ご同慶の限りです。ご家族は兎も角、六十有余名の教へ子に集って貰へるとは、先生稼業なればこその冥利に尽きますね。私はすでに二年近く前に喜寿を越えましたが誰からも祝って貰はなかった。大分経ってから細君が「さう云へば貴方、喜寿を過ぎたのネ。イヤねエ。ヂヂイになったものねエー」の一言でお仕舞。息子らも知らん顔の半兵衛。尤も、私自身が親の喜寿など意識したこともなかったのですから仕方ないことですが——。

だいたい、我家にはさうした風習がない。親に誕生日を祝って貰った記憶もなければ、親の誕生日を祝った憶えもありません。親父《おやぢ》夫婦も我々夫妻も、互ひの連れ合ひの誕生日などは一ケ月も経ってから何かの拍子で思ひ出す始末。これはマア、良し悪しの問題とか、家庭が冷たいとか温かいとかの問題ではなく、それぞれのカルチャーの差。ですから、自分が親となってからも、子供の誕生日になにかしたといふ記憶もない。（かう云うと細君は、貴方は毎晩毎晩ご機嫌で午前様。私ひとりが母子家庭みたいに子供の誕生祝ひをしてゐたと恨み節？　が出てきますが）

流石に、孫ができてからはその誕生日を意識するやうになって、寿司屋や焼肉屋を餌に孫の関心を買ふ術《すべ》を身につけました。然し、このころでは逆に、孫娘に「オヂイチャン、オバアチャン、お誕生日にはご馳走してあげるからネ」なんて云はれて、不覚にも少しく片頬が緩む有様。さうなってくると不思議なもので、誰それの誕生日だからみんなで飯でも喰ふか、なんてことになり、嫁からは母の日、父の日だから、せめて偶にはなどと何か貰ったりして、わが家の固陋な家風の土手っ腹に少し風穴が開けられてしまった感じです。（後日註：過般、小生の傘寿に際しては、細君や息子達が、それなりのことをして呉れた）いふなれば、ご尊家の物心ともに豊かな倖せにひと廻り遅れで、そのウン十分の一程度の幸を味はってゐるといふところでせうか。鐵幹與謝野寛の若い頃の短歌に、

いまだわれ嬉しといふに口慣れず唯あたたかき悩みといはん

といふ歌があります。シチュエーションは全く異なり、鐵幹、女人遍歴の頃の些か怪《け》しからん歌ではありますが、何故となくこの歌が、ふっと頭に浮んでくる次第です。（蛇足ながら「母の日」は兎も角、毎日が父の日と心得てゐる身には「父の日」とは何とも理解しにくい日です）

私的な話はこれ位にして、尊兄の御指摘の「お寺様より切支丹の坊様の方が死者に敬虔でお説教も表現豊かで判り易いことが多い」といった趣旨の御見解、小生の尠い経験に照らしても、その感じは判る気がします。私はどの宗教にも全くのノンポリですからうまく表現はできないのですが、概して云へば、お寺様の方は在りし日の故人を語っても、とどのつまりは演繹的に衆生の一人として捉へてこれを済度し成仏させる為の法語になるのに対して、牧師さん達は故人の生前をその人固有のものとして偲び語り、その姿の侭の人間（神でも仏でもなく）として偶々幽明界《さかひ》を異にするだけだと説く。（キリシタンの方々は「召されて天国へ」などといふが転勤命令ぢゃアあるまいし、私には口が裂けてもそんなキザな物云ひはできませんので、このフレーズを使ひます）ですから同じく「安らかに眠れ」と安心立命を説いても、尊兄云はるるごとく、敬愛の感情や親近感に表現の差が出てしまふのではないでせうか。

だいたい、仏教渡来当時なら兎も角、それから千五百年も経って、未だに漢字をただ並べた侭で、カンジーザイボーサツ　ギャウジンハンニャーハーラーミーター ジ　ギャーテー　ギャーテー　ハーラーギャーテ……なんてやってゐるんですから何とも度し難いですね。せめて漢文の訓読みか、まともな日本語の文語文程度にはして貰ひたいものです。尤も聖書の方は逆に、新約、旧約とも折角リリシズムの何たるかをわきまへた、たるみ緩みのない立派な訳文（文語文）があるのに、若者は文語文が詠みにくからうなどと余計なお世話で、読むに堪えない粗悪なる日本語で口語に訳してゐるのは如何なものでせうか。

文語文が読めなければ、読めるやうに努めればよいだけのこと。小学生には難しいだらうと、子供から文語のリズムを取上げた国語教育に大きな責任があります。戦後間もなく小学校に上った妹が、「ムスーンデ　ヒライーテ　テヲーウッテ　ムスンデ……」なんて愚にもつかない文句で唄ってゐた。何だこれは！　と思ひましたね。ルソー原曲のこの歌は「見わたせば」といふ題名で「見わたせば、あをやなぎ（中略）春の錦をぞ、さほひめの、おりなして、ふるあめに、そめにける」といふ歌詞で長く親しまれてきました。ちゃんと「ぞ……ける」の係り結びの法則もある。なにを好んでムスーンデ　ヒライーテか！子供の能力を見縊《みくび》ってこんな歌を与へておいて、若者が紅露逍鷗や漱石も読めなくなった！　などと、一応嘆いてみせる世の識者先生方もどうかしてゐます。幼年期に口当りのいい柔らかな食物だけ与へておいて、若者の咀嚼力が低下したと嘆くに異りません。

尊兄は日頃、ご専門の建築界をはじめどの分野でも、前衛的なるもの、猛々しく荒ぶるものに砕け散る覚悟で体当りする硬質な精神が希薄になって、ソフトで誰にも受容され一寸見の恰好いいことにばかり流れてゆく風潮がある、と確かそんなやうなことを云って慨嘆してをられたと思ひますが、実は私も全く同感なのです。勿論「前衛」は私の柄ではありませんが、オーバーなる物云ひをすれば、記紀の世界に淵源をおく言語体系や語感、語意識、さらにはその基にある歴史、伝統から目をそらさず安易に流されず、ひたと目を見開いて己れの座標軸を定めてゆくことは、まさに猛々しく荒ぶる硬質な精神なくしてはできないことだと思ひます。

前衛に挑み続ける魂胆も、伝統を慥《し》かと見据えて逃げださぬ執念も、その主たる関心事の方向は異りますが、荒ぶる硬質なる精神に於ては共通のものがあると愚考いたします。誰が云ひだしたか、云ひ得て妙なる草食系男子の能くするところではありません。その意味に於て、小生は尊兄を「我が党の士」であると、勝手に思ひ定めてゐる次第です。（いつもながらの癖で、話が随分横道にそれました。）

中村元氏の著書を読まれたとのこと、然も梵、漢、日の各言語が併記されてゐるものを、それぞれ比較考証をしながら読んだ御様子、流石ですね。私は不勉強で全く読んでをりません。友人で埼玉大名誉教授のK君（バルザック研究で仏国政府から叙勲）の元夫人（故人）

の青山学院大学名誉教授だった方が若い頃から印度哲学にも造詣が深く機会あるごとに「仏教はもっと平易なものだ」といふ中村元先生の言葉を引用しておいでです。詳しいことは憶えてゐませんが、尊兄が感想として述べられてゐることと相通ずるものがありさうですね。云はれてみれば慥かに、信仰の如何に拘らず「聖書を読め」といふ言葉はありますが「仏典を読め」とはあまり聞きませんね。この聖書を読めといふことのほかに、希臘、羅馬神話を読めとも云はれます。尊兄のやうに写経までは凡人には無理としても、せめて古事記日本書紀、日本の古典と化した感のある四書五経などの触りのひとくさりぐらゐはつまみ食ひしろといふことになるのでせう。

冒頭で鹿児島のことは後述と書きましたが、大分長くもなり眠くもなりました。磯別邸をはじめ鹿児島のことについては、少し詳しく感想を述べたいと思ひます。後日、この便の続編として送信します。

秋とはいへ炎帝未だ去りやらず、令夫人ともどもご自愛専一に。

河津光紀

平成二十六年八月二十三日

薩摩飛脚

相田武文様（前便拾遺）

尊兄、前便で鹿児島旅行について書いてをられましたが、矢張り名誉教授ともなるといいものですね。校友会に招聘されたり、他大学での講演を依頼されたり……。尤もご高名な建築家だからこそ、ではありませうが。（我々のゼミも年一度、先生がご存命中は毎年ご招待。ご逝去後も「さくらゼミ」と佐倉といふ先生の名を冠して毎年集ってゐるが、死亡や闘病で出席者は減る一方です）

鹿児島で思ひだすのは、若い頃初めて鹿児島へ出張した時のことです。夜行の寝台列車（旅費規定で一応二等車――今のグリーンが認められてゐたが）で延々二十七時間ばかり、夕方四時過ぎに東京駅を出て、翌朝七時頃現地着、駅周辺の朝風呂に入って眠気を覚まし、訪問先の企業（島津様の財産管理会社）で応対して頂いた常務さんや部長さん方の名刺を見て驚いた。齊藤ナントカ左衛門、ナントカ監物、磯別邸や桜島へご案内を頂いた方の名が緒方ナントカ之進。まるで江戸時代にタイムスリップしたみたいで吃驚しました。（因みにその時はお目にもかかれなかったが、その当時の社長さんが最近まで我がクラブのお仲間で、尊兄もご存じの通り最後の薩摩藩主、島津忠義のお孫さん（久光の曾孫）の故島津矩久氏だったとは、後で島津さんご本人から伺って二度吃驚）

その島津矩久氏から後日直接聞いた話ですが、鉄道のない時分に上方や江戸へ行くには、海路か若しくは内陸部ルート（薩摩、日向、肥後の国境辺りの九州一の難所、加来藤峠《かくとう》を越えて人吉から熊本へ出るルート）が多く、東西の海岸沿ひは、平坦だが回り道過ぎるのと、海上や海浜から襲撃される危険があるので、あまり使はれなかったとのことです。

私も昔、球磨川大氾濫の現地見舞にこの内陸部ルートで熊本から社用車で人吉へゆき、そこから加来藤峠を越えてえびの高原へ抜けたことがありますが、当時の国道は球磨川沿ひに、片や断崖、片や絶壁、ガードレールもない狭く囲繞した未舗装の道に、ハラハラの仕どうし。特に肝を冷やしたのは加来藤峠越え。砂利道の一車線、対向車とは交換所以外ではすれ違へない。路肩は崩れかかってゐて勿論ガードレールなどはない。細い山道がくねくねと続く。ひとつハンドル操作を間違へれば、まっ逆さまに断崖から谷底へ……。運転者の表情も緊張で真っ青。小生は、薩摩飛脚といふ言葉が頭にちらつき、盆地の集落へ降り着くまで生きた心地がしなかった。
この時以来、私が長年疑問に思ってゐたのは、島津久光が幕末、大砲を引っ張って突如大軍で京都へ上洛した時も、西郷軍が田原坂で敗れ、雨に打たれながら故山の城山へ落延びた時も、いかに薩摩、日向、肥後国境の要衝とはいへ、どうして態々こんな難所を通ったのか、といふことでしたが、島津さんの前述の解説で、その疑問が氷解しました。これは薩摩のお殿様直系のお血筋の島津さん直々の解説で判明したことなので、忘却しては勿体ないと思って、備忘録代りに縷々記載しました。もうひとつ蛇足をつけ加へれば、二度目の内陸部ルートのドライブは、はるか後年（平成二、三年？）の頃に、福岡での会議に出席したあと、列席してゐた鹿児島支社長の社用車に同乗して、その頃全線開通の九州自動車道を長駆福岡から鹿児島まで行ったときです。昔（といっても昭和四十年代のなかば）あれ程の難所だった加来藤峠には加来藤トンネルやループ橋ができて、周囲の景観を満喫しながらスイスイと通過し、鹿児島へも宮崎へも何の苦もなく行けるやうになってゐたのには、これまた吃驚。

尊兄の前便に話を戻し、今回の鹿児島ご旅行では市内の磯別邸や知覧の街並みに特に目をつけてご感想をお寄せ頂いたこと、流石は名建築家だけのことはありますね。小生の如くぐだぐだ書かずとも、簡にして要を得たご指摘、私も何度か行きましたが、成程成程、と頷くばかりです。

仙巌園、集成館に初めて行った時の私の印象は、これが薩摩隼人か！　と、何故とはなしに感じたことです。雄大にして剛毅、実践的にして骨太のなかにも、そこはかとない詩情、――と云ってしまへば些か陳腐な感想になってしまひますが、そんな感じでありながら、然もそれとはまた一寸違ふ感じ。京都などの庭園でよく「借景」といひますが、尊兄云はるる如く錦江湾と桜島を見立てての雄大さは、チマチマした借景などといふ言葉では収りきらぬ庭園そのものが大自然のなかに藹然として端坐してゐる感じ。私の記憶は大分曖昧ですが、宏大且つ見事な庭園のなか（周囲？）に惜しげもなく幕末のころの大砲が据えられてゐたり、反射炉の遺跡が残されてゐるのも凄いですね。素朴な一風変った燈籠があったやうな気がします。

集成館は最初に前述の訪問会社の方に案内して頂いた時、日本の産業革命はここから始まったのか、などとさへ一瞬頭を過りました。尊兄の言の如く、日本が植民地化されずに済んだ一因として薩摩藩の役割は大きかったと思ひます。島津斉彬といふ殿様はこの時代、群を抜いた存在だったのでせう。山内昌之東大名誉教授がいつぞやわがクラブへおいで頂いた時の卓話で、家老の小松帯刀を高く評価してをられましたが、肯なる哉と思ひました。西郷も大久保もこの二人なくしては存在しなかったのでせう。

ただ、私が初めて行ったころは、薩摩切子の製造技術は幕末から明治初年にかけて全く途絶えてしまった儘で、無論、工場や即売展などはありませんでした。従って、薩摩切子といへば全てそれ以前のものばかり、一介の庶民が入手など思ひもよらなかったのですが、その後製造技法の復元に成功、商品化された為、何度目かの出張のとき、地元の方から結構立派なグラスを贈られました。

因みにこの薩摩切子復元に至る苦心談については、尊兄もご記憶かと思ひますが、以前、わがクラブの島津会員がまだご健在の頃に会員卓話で切子の実物を沢山ご持参になって、丁寧な説明をされておいででしたね。詳しいことは忘れましたが技法復元から商品化に至るまで、島津会員の会社が一手で行ひ、島津さんご自身も深くかかはり、いろいろご苦心なされたと伺った憶えがあります。

少年（当時は少国民と呼称）の頃、飛行場といへば、身近な陸軍の立川飛行場、海軍厚木飛行場は別として、子供達にとって全国版は、陸の知覧、海の鹿屋、大村、それと予科練の霞ヶ浦でした。

知覧へは私も一度行ったことがあります。子供の頃に漠然と空想してゐたイメージとも異なり、また逆に、米兵が駐留してゐた戦後の立川などのやうな基地の街といふ感じも全くなく、実にしっとりとした気韻のある清楚な町並みに驚きました。尊兄云はるるやうに、三指に数うるに足る武家屋敷の町ですね。小都市で似た雰囲気の町といへば、思ひだす限りでは秋田県の角館ぐらゐでせうか。

祈念館の展示物は、靖国神社や予科練の祈念館（或いは尊兄設計の戦没者霊苑でも）などと同じく一掬《いっきく》の涙なくして見る能ふべからざるものばかりですね。隊員の遺書などには慎《しん》厚沈毅《こうちんき》のなかにも巧まずして心情溢れ、読者をして粛然襟を正しませるものが多く、自分の孫とさして変らぬ歳の若者がどうして斯かる真率の文が書けるものか、人間の精神が凝結した瞬間といふものは、とても凄いものですね。現代のやうに万事に亙って精神に弛緩なしとしない時代には、なかなか考へられないことかも知れませんが。

かうしたところへゆくと、更めて国家安康民族和樂といふことについて考へさせられます。然し乍らそれは、現代といふ安全地帯に立って、過去を裁き糾弾することではなく、パワーポリティックス渦巻く列強東漸の時代を、先人達がどのやうな思ひで必死に生きてきたかをまづ以て考うべきことと思料します。そして何はともあれ、戦塵に斃《たふ》れ、死して護国の鬼となり平和の礎となった（尊兄の言葉で云へばその犠牲の上に立って）英霊達に、国民ひとりひとりが深甚なる感謝と敬意の念をもつべきものと思料します。――ボルテージが少し上ってきてしまったので、この辺で止めます。

河津光紀

平成二十六年九月二日

歌は世につれ

河津光紀様

今回は、拾遺文までいただき、暑さのなか貴兄の体力と頭脳が健全であることを確認いたしました。薩摩藩、鹿児島県に関しては、他県と比較しても有数の故事来歴が多いところなので、貴兄が拾遺したいのも当然のこととして受けとめております。

故島津矩久氏は、品格のあるやさしい紳士の印象が脳裏に残っております。貴兄も書かれているように薩摩切子の復活に関する話は、私も印象深く記憶しております。特に青色のグラスに赤ワインを入れたときの美しさは、ワインの味をひきたて、至福の時を過ごすことになります。それには、豊かな時間と空間とが適応していなければならないので、あこがれているだけですが。

貴兄の誕生日のことについての文章「我家の固陋な家風の土手っ腹に少し風穴があけられてしまった感じです。」貴兄のふとーい土手っ腹、まだまだ風穴をあける余裕がありそうですね。

お便りの中で「文語文が読めなければ、……ムスーンデ　ヒライーテ　テヲーウッテムスンデ……」の文章、戦後の国語教育に問題ありとご立腹の様子。じつは、私は「ムスーンデ　ヒライーテ……」の方しか知りません。念のため、ウィキペディアを見ました。学術的にどれほど正確かどうか判断できませんが、書かれているこの歌の変遷には驚かされました。貴兄はご存じかと思いますが、以下、ここに書かれている文を要約引用いたします。

ジャック・ルソーが作曲した原曲は、一七五二年十月十八日にルイ十五世の前で公演されたとのこと。いろいろと変遷をし、イギリスにおいてはキリスト教讃美歌として改編されたとのことです。ジョン・フォーセットが一七七三年に作詞をした「Greenville」という歌です。参考までに最初の二行を掲げます。

Lord, dismiss us with Thy blessing
Fill our hearts with joy and peace
主よ　我々がここを去る時ご加護をお授けください

我々の心を喜びと平安で満たしてください

この讃美歌は、日本に渡り、一八七四年前後にバプテスト教会によって、キミノミチビキという日本語の歌詞がつけられたとのこと。アメリカでは、アメリカ民謡「Go tell Aunt Rhody」となったとのことです。出だしの二行を掲げます。

Go tell Aunt Rhody（×3）
The old grey goose is dead.
ローディーおばさんに言っといで（3回繰り返し）
年取った灰色のガチョウが死んじゃったって

我が国では、さらに変遷があり、「見渡せば」の次に「戦闘歌」があり、一九四七年に「むすんでひらいて」になったとのこと。
「見渡せば」は、古今和歌集にある素性法師の次の歌を基本にしているとのこと。

みわたせば柳桜をこきまぜて都ぞ春の錦なりける

素性法師といえば、百人一首の歌、

今こむといひしばかりに長月の有明の月を待ち出でつるかな

で知られているとのこと、勉強になりました。

「見渡せば」は、一八八一年、柴田清煕（一番）、稲垣千頴（二番）の作詞になるもので、一番は春、二番は秋の景色を描いたとのことです。この歌が、一八九五年、鳥居忱の「戦闘歌」になると、流石の貴兄も驚嘆するのではないかと思う歌詞です。一番のみを引用いたします。

見渡せば寄せて来る、敵の大軍面白や。スハヤ戦闘《たたかい》始まるぞ。イデヤ人々攻め崩せ。
弾丸《たま》込めて撃ち倒せ。
敵の大軍撃ち崩せ。

このメロディが音楽的に何か人を引き寄せる魅力をもっているのでしょう。一つのメロディが、国や時代に対応して、讃美歌、唱歌、軍歌になるというのも不可思議です。貴兄の便りのお蔭でいろいろと勉強をしました。

話は変わりますが、来週「建築フォーラム」という会、小さな講演会ですが、講師を依頼されましたので準備をしているところです。一九七〇年代から八〇年代初頭にかけて、「積木の家」と題する住宅作品を設計しておりました。モダニズムからポスト・モダニズムと言われる時代に移行した時期でした。この「積木の家」シリーズを軸にして、テーマは「遊戯性としての建築」にしました。

以前書いた文章や本を読みなおしております。一九七〇年代初頭で、私が影響を受けた本を二冊紹介します。

一冊目は、ヨハン・ホイジンガ著『ホモ・ルーデンス』（高橋英夫訳、中公文庫、一九六三年初訳）です。

再読しようと書棚を探した結果、見当たらないので、中公文庫を購入しました。著者のホイジンガ（一八七二〜一九四五）は、ホモ・サピエンスという人間の呼び名に対して、「ホモ・ルーデンス」（遊ぶ人）と命名しました。

そして、「遊びは文化より古い」「人間は遊ぶ存在である」とし、いろいろと事例をあげながら一種の文化論を展開しています。訳者は、解説の中で「人間の生活と文化は遊びと真面目のディアレクティーク」であるとしています。

二冊目は、ロジェ・カイヨワ著『遊びと人間』（清水幾太郎・霧生和夫訳、岩波書店、一九七〇年初訳）です。

著者のカイヨワ（一九一三〜一九七八）は、遊びを次のように分類しております。
一、競争（アゴーンAgon　ギリシャ語　競争）
二、偶然（アレアAlea　ラテン語　サイコロ遊び）
三、模擬（ミミクリーMimicry　英語　物真似）
四、眩暈（イリンクスIlinx　ギリシャ語　渦巻）
「遊び」に関しては、これ以外に哲学者、教育学者などの本をパラパラとめくった程度です。その中でも右記の二冊が著名であり、私の若い頃の脳裏を揺さぶった本だと言えます。合理性、機能性を追求したモダニズム建築の呪縛から、如何に逃れるか、如何に止揚するか、ともがいていた時代です。もがいていたとはいえ、友人たちと夜毎楽しく飲んでいた時代でもありました。

先週の土曜日に、十一代金原亭馬生を囲む落語の会があり、「干物箱」「目黒のさんま」の二席をききました。三十余名の少人数でしたので、噺をきくには適していると感じました。「目黒のさんま」によれば、昔の殿様はタイとキスの白身の魚しか食しなかったとのこと。ですから、脂ののったサンマは格別の味だったにちがいありません。このサンマは品川で仕入れてきたとのこと。それほど遠い距離ではありません。サンマは火の中に直接入れ、脂が落ちて火がぼーと上がる、といった焼き方だったとのこと。

本当のところは私には解りませんが、貴兄が演ずる講談のマクラで「落語をきくとダメになり、講談をきくとタメになる」というのを思い出し、落語もタメになるなーと、貴兄の顔を思い浮かべながら、この一席をきいた次第です。

便りの中で「小生は尊兄を『我が党の士』であると、勝手に思ひ定めてゐる次第です。」と書かれておりますが、トオトイ、サムライの文字に恐縮しております。拾遺文の最後の頁「英霊達に、国民ひとりひとりが、深甚なる感謝と敬意の念をもつべきものと思ひます。」は、私も貴兄と同様に、このような内容の事象に対してはボルテージが上がってくるのです。

曜子夫人の体調が芳しくないとのこと、くれぐれも大切に願います。

平成二十六年九月十日

相田武文

GHQの宣伝歌？

相田武文様

貴信拝受して、またまた一ケ月経ってしまひました。気の抜けたビールを差上げるやうで恐縮ですが「見わたせば」（ムスーンデ、ヒライーテ）の変遷、変り種などをいろいろご教示頂き、興味深く拝見。「見わたせば」が素性法師の歌の本歌取り（定家「見渡せば花も紅葉もなかりけり浦の苫屋の秋の夕暮」もこの歌の本歌取り？）で、ことによると源義家の「吹く風を勿来の関と思へども道もせに散る山桜かな」の歌もからんでゐる、といふことは仄聞してゐましたが、そのほかのことは全く知らなかった。讃美歌やアメリカ民謡は兎も角、鳥居忱の戦闘歌には吃驚しました。鳥居忱の名は、箱根八里の作詞でしか知りませんでしたから……。「アムール河の流血」が「歩兵の本領」となり、それが戦後になってメーデー歌になったやうなものですが、うろ憶えでアバウトなことをいふ私と違ひ、流石は学者、いろいろ丁寧に調べましたね。尊兄の探究心には感心しました。
ところで「建築フォーラム」での講演は大盛会だったことと存じます。頂いた写真集にある「積木の家」の写真を見て、「遊戯性としての建築」と聞けば言葉としては、ウンウンさうか、となりますが、建築の世界は全く私の手の届かない處のお話、うっかり何か云へばすぐ馬脚が表はれてしまふ。なにしろ以前の便でも云った通り、貴兄の挑発に乗って、少しは判ったフリをしようかと、尊著『遠い建築への道』『ヴィジュアル・ソリッド』に、多大の時間をかけてチャレンジして、あへなく草臥れ損に終った小生ですから……。
それでも一言だけ述べさせて貰へば、今期わがロータリークラブ週報の表紙を飾ってゐる「ゆらぎの建築」を毎週拝見してゐると、写真集で見る諸々の貴作品に流れる訴求――とでも云ったらよいのかどうか判りませんが、なにかがぼんやりと見えてくる錯覚に陥ります。「莫迦なことを云ひ給ふな、素人にそんなに簡単に錯覚されて堪るか」と叱られさうですが……。因みにこの「ゆらぎの建築」の原型は何かの展示会場（?）で拝見したと記憶してゐます（同週報末尾のコメントにある椿ギャラリーでの展示は小生RC入会前のことなので見てゐませんが）
ともあれ、週報の表紙をかうした何處かエトヴァスの感ぜられる会員自身の作品で、いとも無造作に然もノー・ギャラで飾ることのできるわがクラブの厚みを誇りに思ひます。

エトヴァスなんて工言葉が、それこそ半世紀ぶりにふっと頭に浮んできた。チョイと見はシャン（美形）でもあの娘にはエトヴァスがないナ。あそこのメッチェン（メエトヘエン＝娘）は、御面相は兎も角、エトヴァスがあるからいい、なんて言ひたい放題の「雨夜の品定め」を仲間内でやってゐた学生時代を思ひだします――そんなことと吾輩の建築とを一緒くたにするな、莫迦！　と、またまた叱られますね。桑原、クハバラ。

話はガラリと変りますが、長年愛用してゐた寓居のジェットバスが、先日故障してしまひました。モーターが経年劣化でダメになってしまって、修理するにも部品がないとのこと。それなら高くてもいいからモーター自体を交換してくれと云ったら、お宅のユニットバスに適合するモーターはもう製造してゐない。合併した旧T社が製造停止の段階で何らかのユーザー対応をしておけばよかったのだが、今となってはどうしようもない。ジェットバスが必要ならば風呂場部分全体を改築して、新たなユニットバス・システムを採用して貰ふ他ないが、それだと百万、二百万単位の大事《おほごと》になります。取敢へず出来ることは、還流させる湯水の噴射孔を閉塞してジェットバスの機能を停止することです。それも部品調達可能かどうか確認してのことになるが、費用も少くともウン万円程度はかかると思ふ――とさも気の毒さうに云ふ。ゴチャゴチャと反論したところでどうにもならない、実直さうな担当者に免じて、何とか腹の虫を収めましたが、極めてをかしな話だと思ひました。

何かをする為、何かが出来る為にではなく、何かを出来なくする為に出費を余儀なくされるといふことは、論理としてはあり得ないことではないとは認めますが、感情的には極めて不愉快な話です。ユーザーに遅かれ早かれ、その不愉快を味はせることになると、百も承知、二百も合点の上で、システムとかユニットなどと、一見ハイカラな名前をつけて欠陥商品紛ひのものをエンドユーザーに売りつけるのは、職業倫理に悖る行為ではないでせうか。

だいたい、全体の経年劣化なら兎も角、一部品、一部分の修繕も交換もできずに、その部分の故に全体が機能不全になることを當然のやうに心得る現代の風潮が気に入りません。いま人気のシステムキッチンなども同断、更には古くはA社の○○○・ハウスで不便を喞《かこ》ってゐる友人も数多くゐますね。厭ならブッ毀して建て直したら宜からうといふ発想ですね。流行のツー・バイ・フォー建築なども同じ穴の狢《むじな》、イヤそれどころか土地を買ったら、ビルでも民家でも取り壊して建直すのが当り前、有る物を大切に繕って使はうとする心がない。修繕といふ匠の業《わざ》も忘れ去られてゐます。ニーズなどといふ怪しげな言葉を振廻して、刹那の利便に走って使ひ捨て万歳。森羅万象、鋤鍬一丁、唐傘一本に至るまで神が宿るとした、先人達の物に対する敬虔な心のかけらもない。これでは子供達に物を大切にせよ、などと云っても聞いてくれる筈がありませんね。

こんなことをクダクダと書き綴るのは、ことは物体といふ有形物に限らず、伝統、文化、言語、道徳、さらには雇用形態などに至るまで、世の中なべて使ひ捨ての風潮に一言したかったからです。人に天寿があるやうに物にも文化にも天寿がある。物も文化も繕って、繕って、その天寿を全うさせてやるのが人倫といふものではないか。

使ひ捨てのなかで最も罪深いのは自国の言語――国語の使ひ捨て、といふことではないでせうか。言語は表現伝達の道具である前に、すぐれて思惟思考の手段、その言語を粗略に扱ふことは自らの思惟思考を粗略に扱ふことと異ならない――こんな私の思ひは夙《つと》に往復書簡第一便で申上げたところです。

話が飛躍しますが、藤山一郎さんの歌は戦前戦後を通じて、その爽やかな歌唱ぶりが気に入ってゐます。しかしながら「青い山脈」だけは何度聞いても後味が悪い。♪古い上衣よさやうならと、傍若無人に過去を切捨てて、♪青い山脈、バラ色雲へーなんて、まるでグリコのおまけみたいなキラキラ玩具の能天気な歌ですね。GHQの宣伝歌のやうな、こんな歌を藤山一郎・奈良光枝のコンビは本心から歌ひたくて歌ってゐたのだらうか。さらにまた、無邪気からなのか拗捩《えうれい》なる故意からなのかは知らず、今も一時代を代表する歌などともてはやす向きがあることに違和感を禁じ得ません。こんなところにも今が良ければといふ使ひ捨て根性、民族の足跡を弊履の如く捨て去り、先人達の心情に思ひを致さず、現代といふ上からの目線で過去を裁く、いま問題のA新聞社流儀の似非《えせ》良心主義が横行してゐるのかと思ふとなんともハラタツノリです（原辰徳さん、ごめんなさい）。

偶々、藤山さんの晩年の頃、ボーカルGのボニー・ジャックスのほか音楽関係を中心とした二十人ばかりの有志が、藤山さんを囲むゴルフ会を年に二回ほど、霞ヶ関ccでやってゐて、ボニーの諸兄のお引合せで何故か私も入れて頂き、毎回楽しく参加してゐました。慥《たし》か、そのゴルフ会での藤山さんの喜寿祝ひの懇親の場だったかと記憶してゐますが、青い山脈への私の感想を恐る恐る申上げ「この歌は先生の戦前の素晴らしい歌の数々を冒瀆することにならないでせうか」とお伺ひしたら、一瞬キョトンとしたお顔をされたので、これはまづかったかナ、と思ってゐたら、次の瞬間、破顔大笑して「僕の歌をそんな風に深く考へながら聞いてゐてくれるとは光栄です」と仰言って、握手してくださいました。

話が大分横道にそれました。もう少し敷衍《ふえん》したいのですが、綺麗でもない雑草ばかりの荒原へ引きずり込むのはこれ位にします。

ところで、尊兄往年の愛読書として前便でご紹介のホイジンガーとカイヨワ。前者は不勉強で読んだこともありませんでしたが、R・カイヨワの『遊びと人間』を訳者名併記であげたられたのには吃驚。訳者霧生和夫君（埼玉大学名誉教授）は私の七十年来の友人で、今は病床に臥してゐるが、小学校以来の親しい論争仲間・飲み仲間です。小生が前便で全く別件で「K君」と匿名で引合ひに出した直後の便で、尊兄がそのK君とは知らずにカイヨワの訳者名「霧生和夫」の名を書いてきて頂いた。そんな偶然の面白味に出合へるのも往復書簡の効用のひとつですね。少し嬉しくなって、以前彼から恵贈の訳書や著書（カイヨワ、レイモン・アロン、バルザック）を引っ張り出して散見。暫くぶりの見舞を兼ねてのメールを彼に打ったら、病臥中の不自由な手で「（前中略）貴兄のお便りでアロンとカイヨワのことを思い出しました。東京のホテルやパーティ会場で出会った二人の元気な姿。二人とも故人になったのですね。ついでに『遊びと人間』の英訳者のアメリカ人と五反田のホテルで会ったことを憶えています。苦労した英語で英語の間違いを直してあげたことを、得意げのわが面とともに思い返しています（後略）」――といふ返信を貰ひました。

いつもの如く返信が大分遅れました。いまや恒例となった来週の相武ｃｃのゴルフ兼痛飲会、楽しみにしてゐます。

末辞ながら令夫人に宜しくご伝声下さい。

平成二十六年十月三十一日

河津光紀

戸建住宅工法の功罪

河津光紀様

晩秋の候になりますと、一茶の次の句が浮かびます。

うらを見せおもてを見せて散るもみじ

この句からは、永い人生の中、裏と表を使い分けながら生きていく人間の姿が思い浮かびます。私の好みからいえば、花鳥風月を直接うたったものより、そこに隠されている人生のようなものが表現されている句にひかれます。これ以上述べますと馬脚をあらわすのでやめにします。

この一カ月なにやらと忙しく、あっという間に過ぎてしまいました。忙しいといっても専門の建築設計にかかわるものは、なれているのでたいして時間を要しません。日常からはずれたもの、新しいものに挑戦することになると動きが鈍くなったり時間を費やす結果になるのです。それ故、返信が遅れてしまいました。

前便の「見わたせば」に関して、小生を「流石は学者」とお褒めの言葉をいただきましたが、この程度で学者といわれると、本物の学者先生は怒るにちがいありません。パソコンでウィキペディアなどを参照した程度ですから。

むしろ、私が驚いたのは、貴兄が『遠い建築への道』『ヴィジュアル・ソリッド』を読んでくださったことです。この中で後段のものは、現役時代に大学院生たちと共同で作業した研究ですから、甚だ観念的であり難解なのです。ですから、理解不能であっても当然でしょう。ご迷惑をおかけしました。

週報の「ゆらぎの建築」について「なにかがぼんやりと見えてくる錯覚に陥ります。」この一言で、河津兄は立派な建築評論家、建築愛好者といえます。なにかの展示会でご覧いただいたとのこと、その芸術的記憶力は流石です。いま手帳を見ましたところ、二〇一二年十一月一日にロータリークラブの中央分区IMの会があり、それが終わった後、明治記念館に行く途中でご覧いただいたのだと思います。この展覧会は「東京デザイナーズウィーク二〇一二」というもので、絵画館前で展示されたものです。ついでながら、これと同じコンセプトのものが、「金沢二一世紀美術館」に展示されております。戦後の代表的な建築家がこれだけそろって展示されたのは、初めてだと思います。来年の三月まで開催しておりますので、金沢に行かれることがありましたら是非ご覧ください。これをご覧いただけると、それこそ本物の建築評論家になれるかもしれません。

「エトヴァス」に関する記述、私には経験がないのですが、旧制高校のにおいがしてきます。メッチェンはやがて母となり、その子供はやがて大人になり、結婚し新居に住まうのです。ですから、メッチェンは建築の母なのです。久方ぶりにドイツ語にふれ、半世紀も前に購入した三省堂の辞書を開いてみました。

それによるとメッヒェン（娘、未婚の女）は中性名詞、フロイライン（少女、令嬢）も中性名詞、フラウ（女、女性）は女性名詞です。何歳までをメッヒェンというのか、ドイツ人に聞いてみたいですね。

「有る物を大切に繕って使はうとする心がない」もっともだと思います。しかし、この資本主義の世の中、消費と生産がつねに回転していなければ成立しないという現況を考えれば、「あるがまま……♪」に生きていかなければ息苦しくなるのも事実でしょう。貴兄と時には議論のネタになる資本主義のあり方自体を根源的に考えなおさないと、この「繕い」の問題は永久に解決しないでしょう。

ところで、やや専門的な話になりますが、ハウスメーカーが造る住宅について、工法や材料と会社名が混同して認知されている場合があります。例えば、「ヘーベル・ハウス」です。私の知るところでは、旭化成ホームズの一戸建住宅のブランド名を「ヘーベル・ハウス」と呼んでいます。ついでながら、「ヘーベル」はドイツのヘーベル社と技術提携して日本に導入されたALCと呼ばれる軽量気泡コンクリートのことです。

それ故、これをパネル化したものは住宅にかぎらずビルなど、多様に使用されております。材料自体は、軽量であること、耐火性がある、湿気に強いなど、材料としては優れた特性を有しております。

住宅などで問題になるのは、ほとんどの場合、構造が鉄骨造で外壁にALC版を使用したケースです。鉄骨造はコンクリート造に比較して地震時に揺れが大きいのです。パネルの継ぎ目にシール材（パテのようなもの）を使いますが、一〇年から二〇年経つとシール材が劣化してきます。そのシール材の部分が雨漏りの原因になるのです。屋根はフラットルーフ（平屋根）がほとんどですから地震時に揺れた場合、劣化した防水層が切れ、雨が漏るのです。床、壁、屋根をALCパネルで構成しますと単価は安くあがりますが、平面型の自由度が少なくなります。例えば、曲線を用いることや窓を大きくとることなどには、不向きです。

「ツー・バイ・フォー」は、正式には「木造枠組壁構造」と呼ばれるもので、主要な部分を二インチと四インチの断面の木材で出来ている工法をいいます。材料を規格化して使用しているので、「ツー・バイ・シックス」二インチ×六インチの材も多く使用されております。日本では、ご存じのように三井ホームが早くから取り入れポピュラーなものになりました。欧米では、そもそも素人でもできる工法ということで開発されたものと聞いております。アメリカでは、デパートで住宅がキットになって売られているとのことです。

この工法が一般化するに従って、日本の伝統的な技術が廃れてきたということです。端的にいってしまえば、タタキ大工しか日本にいなくなったということです。全てがいなくなったわけではありませんが、ウデのある大工は、いまや絶滅危惧種ともいえる貴重な職人たちです。その後、この工法は改良されてきましたが、そもそも湿気の多い日本には向かない工法だというのが心ある識者の意見です。また、木材の使用量も日本の伝統的工法に比較すると、その使用料は多く、貴重な資源のムダ使いだという専門家もおります。それでは今日まで何故流行っているのか、聰明な貴兄のこと、いわずもがなだと思います。

「自国の言語――国語の使ひ捨て」について、貴兄ほど強固ではありませんが、同感です。とくに、言語が思惟思考の手段として重要であることは論をまたないと思います。モノやコトを考える時、どの言語で考えるかは重要であります。

日本語にかぎらず諸々の国の言語は、それなりに奥に秘められた言語の歴史があったと推察されます。それは、その国の風土ともいうべきものを形成してきたのではないでしょうか。

ところが、この情報化社会になって、コンピューターを駆使する最先端技術を用いる場のコミュニケーションは、英語です。英米人にかぎらず、その場にいる諸々の国の人たちの共通言語は英語という共通語です。ここでは、英語の奥に隠された意味や文法の体系に関係なく、つまり、深い意味をはぎとった透明性のあるものとして機能しているのではないかと思うのです。

藤山一郎と奈良光枝の「青い山脈」がGHQの宣伝歌のような歌だという指摘、藤山一郎さん同様、私もその深読みには脱帽です。たしかに流行歌は、ことのほか大切で、ときには深読みをしておく必要があるかなと思います。その時代、時節を適確に表現している場合があるからです。歌の話はともかくとして、奈良光枝のほっそりした姿、端正な顔立ち、いまでも脳裏の片隅に刻まれております。そのうち、カラオケで「悲しき竹笛」でも歌いますか。

過日、友人からの誘いがあって皇居東御苑を見学してきました。東京に永いこと住んでいますが、この庭園を訪れるのは初めてです。これほど広い庭園があるとは驚きです。一般に公開されており、予約なしで入場できるとは思ってもいませんでした。もしも貴兄が行ったことがないのならば、奥さん同行で行ってみませんか。建造物は、火災で燃えてしまい、ほとんど見当たらないのですが、石垣のもつ重量感には圧倒されます。建設当時の姿を思い浮かべながら小雨ふる中歩くのも一興でした。

この公園の中に、桃華楽堂という音楽堂があります。これは香淳皇后の還暦をお祝いして建設されたものです。この音楽堂の設計を私の恩師今井兼次先生がされたのです。四〇数年前に見学をしたことがあるのですが、今回は建築の仲間とは違う人たちと同行しましたので、すっかり存在を忘れておりました。ふと、眼を横にやると向こうに桃華楽堂が見えるではありませんか。今は亡き恩師が、雨の中、傘をさしながらこちらに向かって「やあっ」と手を振っておられるような錯覚に陥りました。

「人は死んで名を残す」とありますが、我々の職業の場合「人は死んで建築を残す」です。その建築の良し悪しはともかくです。

紙面も終わりに近づきましたので、つまらない話を一つ。仲間うちの話の中で「大間のマグロ」の話題になりました。友人の一人が「それでは食べに行こうか」ということになり、予約をして池袋の東武デパートの中にある料理店へ。盛り付けの良い器にマグロが三切れ。これが二七〇〇円。（銀座のすし屋よりは安いのかもしれませんが）おそれいりました。味わってみたものの私には違いが分かりませんでした。この時、高ければうまいと感じる味覚不能人の気分に陥りました。

末筆ながら過日のゴルフ、奥さんの元気なプレー姿を拝見し安心いたしました。

平成二十六年十一月二十九日

相田武文

Ⅲ　平成二十七年

素人流住宅談義

相田武文様

「うらを見せおもてを見せて散るもみぢ」の句を引いての貴翰を拝受したのが初冬の某日、以来荏苒《じんぜん》として時を重ね、たうとう新春を迎へてしまひました。すでにお話した通り年の暮にかなり厄介な親不知を抜歯。施術の故かどうか判りませんが口腔内の頬肉の損傷が甚だしく疼痛尋常ならず、普段殆ど歯科医にかかったことがないので少し大袈裟に感じ過ぎるのかも知れませんが「歯痛は哲学者も泣く」まして凡人の小生のことゆゑ、すっかり閉口頓首して何をやっても根気が続かず、年末年始、グダグダと無為に日を過ごしました。

尊兄の旧著を多少意地になって読み齧り、然も敢無くギブアップしてしまったのに「それだけでも立派な建築愛好家」とのお褒めの言葉をいただき汗顔の至りです。ヘーベル・

ハウスやツー・バイ・フォー建築などについての懇切なご教示頂き有難うございました。ご説明を伺って、茅屋ながらも矢張り在来工法の家でよかったと、更めて感じた次第です。もう三十六、七年以上も前のことになりますが、資金も何も殆どない癖に一寸したものの弾みでささやかな宅地造成地を購入したところ、家内の子供の時分からのボーイフレンド(?)で、桐生市で建築会社を経営してゐるK氏が早速土地を見に来て「損得抜きで百年もつ家を造るから建てないか」と勧められた。その頃私は家を造る気などまるでなく、孰《いづ》れその気になったら相模原の生家近くの土地にでも造ればいいと漠然と思ってゐたのですが、その時もどうした風の吹き廻しか初対面のK氏とウマが合ったのか、ものの弾みでついその気になって造ったのが今のわが陋屋です。まさかこれが終《つひ》の棲家《すみか》になるとは思ってもみませんでした。

私的な回想を続けて恐縮ですが、その頃の私は家造りのことなど全く関心がなく白紙状態、K社長が呆れて「折角家を造るのだから、少しは住宅について勉強して貰はないと、お宅の希望を聞くにしても話が通じなくて困る」と曰《のたま》ふ。「よしきた、ナラバ」とばかりに一念発起し、戸建住宅に関する基礎工事、大工仕事、左官、水回り、屋根工事、インテリア関連、果ては「工務店の為の見積書の作り方」、本の名称は忘れたが業者用の建築資材全般に亙る卸売価格一覧の分厚い(四季報? 年報?)等々を二十数冊、探し集め借り集めて俄か勉強。だんだん面白くなってきて、用材の銘柄、指値、工法、工事日程は無論、工事屋さんや職人さんなど下請の見積書にまで口をだすから、嘸《さぞ》や遣りにくい顧客だったでせうが、K社長も職人さん達も嫌がらずに付き合ってくれました。

超特級(?)建築士でもある尊兄の前で云ひにくいのですが、最初にきた一級建築士だけは素人談義を面倒臭く思ったものか、何でも「さうですネ、さうですネ」と、あまりにもイエスマンだったので気に食はず替えて貰ひました。云ってみれば……(「キミ、よろしく頼む。僕は素人だから万事専門家(の君)にお任せするよ」これは住宅の場合、ほとんどウソである)——尊兄の近著『建築家のひとこと』より——といふウソをつかない為に、当方は素人の分際をわきまへた上で、然も自分で云ふ以上は多少なりとも自己責任のリスクを覚悟して思ひつきをゴチャゴチャとぶっつけてゐるわけだから、その餌に喰ひついて面倒がらず私の妄論珍論を完膚無き迄に叩きのめしてくれるのが建築士の役割ではないか。その点で、家内のオールドボーイフレンド、黒いパンダが上州の大親分になったやうな風貌のK社長とは妙にウマがあったものでした。(その懐かしのK氏もすでに鬼籍の人となった)

なにしろ桐生といふ遠隔地の会社だったので、工事期間中近くの安アパートの一室を借りて飯場代りに。職人さん達が工程毎に交替で泊りこんで、夜は毎晩ミニ宴会、私もときどき一升瓶ブラさげて仲間に加はる。彼等も女房子供から離れて若者に戻った気分で合宿を結構楽しんでゐたらしい。私も職人方と膝付き合ひができて愉快でした。なかでも意気投合したのが大工の棟梁、K社長も一目置いてゐる昔気質の職人肌、柱や梁等の主要建材の選定や骨組、開口部の取り方等家造りの骨格に関することについてはプライドに賭けて自説を貫き通す頑固者。面白かったのは、和室については床柱をはじめ部材や工法にトコトン拘りを示し、舐めるやうに丁寧な作業をするのに、リビングルームの出窓を「集成材でもいいから少しは見てくれのいい物でやってくれ」と云ったら「リビングなんて勿体つけてみたって所詮は板の間に過ぎなかんべえ。板の間の出窓なんざア、ラワンの合板で沢山だ」と、洋室はすべて板の間扱ひ。それこそ三井ホームや旭化成ホームズからは聞くこともできぬご託宣。ことの是非当否は別として、何とも愛すべき昔気質のこの棟梁に、いっぺんに全幅の信頼を寄せる気になりました。（後日、床暖房を採用した機会に棟梁入魂の和室をフローリングの書斎兼応接間に替へて、欄間つきの間仕切の襖も武骨なタモ材の造りつけ書棚に、床の間は物置き場同然、奇妙な部屋にしてしまった。棟梁が見たら嘸や嘆くことならん？）

ともあれ、施主として私の素人注文の主な事項は……外見はそれと見せずにその実、厳格に田の字型とする。通し柱、化粧柱は個別に協議。（一、二階とも書庫を造るので）根太、梁の強度や耐久性を高く。外壁面積を多くとる（壁を厚めに、筋交ひを充分に）便宜・外観を理由に無闇に開口部を多くとらない。風道はしっかりと。平屋根は不可、できれば大屋根（屋根組みは単純明快に）本瓦葺き（雪止め瓦つき）軒幅は最低三尺以上（ベランダ部分は四尺以上）床下換気扇の設置。広めの屋根裏部屋。敷地狭隘の為に造園は石組み中心。ディベロパー設置の大谷石の擁壁は撤去して鉄筋コンクリートで再構築。……などなどの注文を思ひつきバッタリ、無秩序に並べたてた記憶があります。

ゴチャゴチャと云った手前、支払ひの方も「坪幾らで……」なんて大まかにお大尽ぶるわけにゆかず、各部材の指値や夫々の延人足数、一般管理費や搬入費などなど、すべて相対で積算。合理性の範囲内でコストセービングも図らねばならず、随分厄介でした。K社長も流石に「こっちが作る見積書の作成まで、そんなに勉強しなくてもいいですヨ」と苦笑ひする始末。それでも紹介者（愚妻）の顔を立ててくれたものか、下請業者の見積書の算定のコツなどを丁寧に教へてくれました。当時は東京周辺と群馬辺りとでは職人の手間賃に大分格差があり、労務費がかなり節減できたと記憶してゐます。

やっとの思ひで家が出来上ったとき、家見に来た父親が、ひと目見るなり開口一番、「なんだお前、鶏小屋みたいなチンケな家を造ったぢゃアないか」

と、いきなり云はれたのにはガックリきました。父親の住む生家と違って、狭い敷地に建蔽率ぎりぎりの総二階、無理にとった天井裏、おまけに愸《なま》じ大屋根もどきの屋根組ときたものですから北側斜線に抵触しないやう裏の屋根は急勾配に落さざるを得なかったこと等々、第一種低層住居専用地域の諸制約に縛られたためとはいへ、自分でも内心「山寺の鐘撞堂みたいな奇妙な家にしてしまひ、これは失敗作」と気にしてゐただけに些か意気消沈しました。――それにしても「親父め、鶏小屋とはうまいことをいふ」と、今でもわが家を眺めるたびに、亡父の言葉を懐かしく想ひだしてゐます。

――とマア、名建築家の尊兄に向かってラチもない素人建築談義を重ねましたが、これは普段、クライアントといへば、お役所か公共団体や大企業、然らずんばハイソサイエティーの紳士淑女に限られてゐる（と思はれる）高踏派の尊兄に対して、建築芸術などには一生御縁のない貧乏庶民のささやかな掘立小屋づくりの顚末も垣間見て頂きたいとの思ひで恥づかしながら書き綴った次第です。呵々。

当初はご恵贈の尊著『建築家のひとこと』の読後感を書くつもりでしたが、あらぬ方向に話が曲ってしまひました。尊著については後日の楽しみとします。

皇居東御苑にお出でになって気に入った由。私も丸の内や大手町の会社の施設へ行ったときなどに何度か行きました。初めて行ったのは慥か三島由紀夫が割腹した直後の初冬のよく晴れた日のことだったと記憶してゐます。なぜか落着かぬ気分で御濠端をブラブラしてゐたのですが、蕭殺たる濠風に誘はれて平川御門から東御苑に入ってゐました。たしかに往時の建物は殆どないが、尊兄云ふ如く重量感のある天守閣址の石垣に上り暫らく寒風に身を竦《すく》めてゐたやうに憶えてゐます。入口近くにある音楽堂が尊兄の恩師の先生の作品とは勿論知りませんでした。域内が広大であるだけに、一部の小堀遠州風の御庭を除いて、殆どのところは強いて作庭したといふ感じを持たせず全てが自然体の侭で、然もすがすがしく整頓されてゐて、いかにも懐の深さと歴史の重みを感じさせる処だと、私も大変気に入ってゐます。武蔵野の原風景の如き落葉樹林の合間から見える（慥《たし》かそんな感じ？）小さなナントカ櫓も気韻があった。

何かで、天守閣の再建運動があると仄聞しましたが、余計なこと、といふよりはとんでもないことです。防衛、統治といふ時代時代の必需に裏打ちされてゐてこそ天守閣は美しい。苟《いやし》くも宮城の一画に鉄筋コンクリートのエレベーターつき、展望台つきの箱物を造って、ワイワイガヤガヤの観光名所などにはして貰ひたくありません。

天守閣址に立って思ふべきは、そこが跡地であるといふ其のこと自体です。明暦大火以降旧幕時代から今日にいたるまで、何故再建されなかったかといふことです。四代将軍家綱公は、再建を勧める家臣達に「天下漸く泰平の今、天守は不要。大火に苦しむ四民を蔑《ないがし》ろにして再建など以ての外」と家臣達を諫めた。これは保科正之、松平信綱などの類ひ稀なる賢臣達の進言によるのかも知れませんが、その後幕府の再隆盛時代にも再建されなかった。かういふ歴史やそれぞれの時代を生きた先人に思ひを致すことこそが真の観光ではないか。安岡正篤曰く「観光とは国の光りを観ることなり」と。

そもそも、日本の為政者、権力者には、例外はあるにせよ概して、民の愁ひを慮《おもんばか》り質素節約を旨とする傾向があったと思ひます。ここの処が外国の王侯貴族や権力者達と違ふところではないでせうか。その典型が、民の愁ひを我が愁ひとし、民の悦びを我が悦びとする日本の皇室だと。……かうなると話が止らなくなるから止めます。ともあれ、東御苑はいまの静謐のままであって貰ひたいものです。

また長くなって恐縮です。そろそろ止めにしますが、貴兄が奈良光枝の端正な美貌を記憶してゐたのは嬉しい限り。偶にカラオケに行っても、奈良光枝WHO？　なんてエ人達とではちょっと興が殺がれますね。美人薄命で早く亡くなられたのが残念です。「赤い靴のタンゴ」はモイラー・シアラー主演の「赤い靴」に由来する和製の名曲ですが、中学生の頃には封切の洋画などはみられなかったので、私は映画の方を見たのは、この歌の後になりました。

蛇足ですが、前便の貴翰で一茶の句とあるのがちょっと違和感があったのでパソコンで見たら良寛の句となってゐました。原典を知らないから慥かなことは判りませんが、それも怪しい気がします。

わが細君はこのごろ時々麻雀とカラオケに行ってゐます。機会を見て、令夫人ともども昔の映画や、懐かしい歌などの思ひ出噺でもやりませんか。よろしくご伝声下さい。

河津光紀

平成二十七年一月十五日

東京にはシンボルがない！

河津光紀様

永らくごぶさたをしております。貴兄も前回の便りで書かれているとおり、何か気がかりなことがあると文章は手につきません。今回遅れたのは、タイとミャンマーへ一週間ほど旅をし、寒暖の差と旅の疲れだと思うのですが、風邪をひき寝込んでしまいました。ロータリーの例会には、なんとか出席をしましたが、帰国後二週間経ってもまだ万全ではありません。とはいえ、数日前、寒い中ゴルフをしてきました。

前便の「うらを見せおもてを見せて散るもみじ」の句、ネットで調べましたら良寛の句でした。さすが河津兄の眼力。

河津邸新築の話、面白く拝見いたしました。戸建住宅に関する本を二〇冊読破されたとのこと、驚きです。建築系の学生諸君ならば、三年生の前期位の専門知識を有するのではないかと推察いたします。今の学生諸君の読書量を考えれば、四年生まで行ってしまうかもしれません。前回「それだけでも立派な建築愛好家」と書いたように思いますが、もはやそれを超えて「○○○建築愛好家」といえるでしょう。私の知力では、○○○のボキャブラリーが見つかりませんが、良い意味にとっていただければと思います。

建築士との相性も重要です。貴兄のいうように「イエスマン」だと施主はものたりなく感じます。私が若い頃に設計をした住宅の施主は「君はイエスマンではないから良い」といわれ、私の案に耳をかたむけてくださった方でした。あまり自己主張すると嫌われ、設計の話そのものがオジャンになってしまいがちです。つまるところ、相性によるところが大なのです。

私の場合、最初に施主とお会いした時、この方とこれから設計の打ち合わせから工事の完了まで、少なくとも一年半ぐらい、おつきあいが出来るかどうかを判断いたします。その判断によって「建築の仕様書」は通常どおり変わらないのですが「心の仕様模様」は変わります。

設計者としては、貴兄のように要求事項がはっきりしている方がやりやすいのです。一番困りますのは、設計の打ち合わせ時には何も言わなかった人が、現場が始まってから色々と口をだす人です。設計の時点では模型を作り、仕上げの素材なども吟味していただいたうえのことです。大工や職方の中間に入って設計者がなんとか「納め」なければならないのですが、苦労する場面も多々ありました。

ここで「納まり」の話を一つ。ご存じのように、一般の用法でも「納まりが良い」などと使われております。建築では、納まりが合理的であるとか、美しく取り合いが良いことをさします。建築用語には「ツケ」「ニゲ」「オサマリ」という用語があります。例えば、異なる部材を壁などに貼る場合、部材の狂いがあったり施工上難しかったりして、部材と部材をピタッと「ツケ」ることが難しいのです。

この場合、部材間に小さな隙間（目地など）をつくってニゲるのです。このニゲをうまくとった場合にオサマルのです。つまり、ツケ、ニゲ、オサマリは、建築現場における「三段論法」といってもよいでしょう。いささか大袈裟ですが。古代ギリシャの哲学者ソクラテスの三段論法とはあまりにも次元が違うので聞き流していただいて結構ですが、もしかしたら、ソクラテスは、ギリシャ神殿を眺めながら、この論法を思いついたのかもしれません。

河津邸は何回か御邪魔しておりますので、正面の外観や居間の空間構成などは理解しているつもりです。「名は体を表す」といいますが「住宅は体を表す」と言い換え、河津邸は河津兄らしい住宅だと感じております。

皇居東御苑についての貴兄の意見、大変参考になりました。なぜならば、私は天守閣を再建した方が良いと思っているからです。貴兄のいうように「防衛、統治といふ時代時代の必需に裏打ちされてゐてこそ天守閣は美しい。」正論だと思いますが、ここでは、私なりの視点で再建の意義を書いてみたいと思います。

世界の三大都市を見てみますと、パリではエッフェル塔、ロンドンではビッグ・ベン（ウェストミンスター宮殿）、ニューヨークではエンパイアステートビルやクライスラービルなどがその「都市のシンボル」として存在しております。東京はどうでしょうか。

東京タワーやスカイツリーがあるではないかという人もいることでしょう。しかし、それでは恥ずかしいのです。私は縁者の義理などもあって、前者は三回、後者は二回行きましたが、できることならばもう行く気はありません。あの足元のゴチャゴチャした街並は、東京のシンボルとして存在するシチュエーションではありません。

さらに他の都市に眼を転じてみれば、バルセロナのサグラダファミリア教会、フィレンツェのサンタマリア・デル・フィオーレ教会など、その都市のシンボルとして輝いております。

東京にある二つのタワーは、すぐれた構造物であっても、東京のシンボルとなるほどの総体的な美に欠けているといってよいでしょう。エッフェル塔の足元は、のびやかに大地から立ち上がっております。ビッグ・ベンは、テムズ河の川面から立ち上がっているかのように天を指しております。東京の中で美しい足元を有している代表格として、皇居周辺があげられます。また、シンボルには、歴史性を含んで多様な意味が付加されていなければならないと思います。諸々の意見が当然のことながらあると思いますが、私は、この皇居東御苑への天守閣再建に賛意を示したいと考えております。

天守閣の再建にあたっては、歴史的な検証をしっかり行い、文化的な価値のあるものにしなければならないと考えます。

貴兄も書かれているように、コンクリート造でエレベーターがあり、ガヤガヤと観光客が来るというような建造物は賛成できません。復元するならば当然のこと、我が国が誇る木造建築が望ましいのです。ですから、入場者数は必然的に限られた数になると思います。聞くところによれば、五百億円位あれば再建できるとのことです。

新国立競技場の建設にあっては、当初ザハ・ハディドの案を国際コンペの結果採用したのはご存じだと思います。案を選んでおきながら、あのような寸づまりなものに変更するとは、私には、日本の恥を世界に発信したとしか思えません。デザイン上の視点のみからいえば、この建築は建てない方が良いと思われます。現時点で発表されている案を見るかぎり、美しいものではありません。オリンピックの後、禍根を残す建築になると思います。

新国立競技場の建設費が千五百億円から二千億円といわれております。天守閣が四つも出来るほどの予算です。どちらが将来、東京のシンボルになるかといえば、天守閣に軍配があがることは当然の理といえるでしょう。これに関する話は長くなりますので、このあたりで終わりにします。

前述しましたように、ロータリークラブの仲間六人と一週間「タイ・ミャンマーの旅」をしてきました。今年は貴兄もご存じのごとく、私は国際奉仕委員会の委員長の役目を仰せつかりました。役目上のこともあって、タイの「さくらプロジェクト」訪問を第一義に考えました。私にとって四年ぶりの訪問でした。一月二十七日（火）の夕刻チェンライ空港に到着し、「さくらプロジェクト」代表三輪隆さんの出迎えをうけました。次の日の午後「さくらプロジェクト」の施設を訪れました。午前中は子供たちが学校に行っていることもあり、この間、ミャンマーとの国境周辺にある山岳民族の村などを見学しました。

ご存じのように、このプロジェクトに対するロータリークラブの援助は、二十数年間になります。詳しい数字はともかく、この間、宿舎などの施設に二千万円位の寄付をしてきたように思います。ロータリークラブへの働きかけを私が最初に行ったこともあり、言葉にはならない責任感を感じております。

貴兄もご存じないところもあろうかと思い、あらためてこのプロジェクトをふりかえってみたいと思います。このプロジェクトは、一九九一年から始まったのですが、その時期、たまたま私がわがクラブの国際奉仕委員長であったことと大いに関係があります。この時期、クラブの会員数も現在のほぼ二倍あり、財政も豊かだったと記憶しております。会員の皆さんの賛同をえて、一九九一年、九二年の年度で三百万を寄付し、女子寮が出来ました。この当時は、たしか坪五万円位で建てられたのです。

このプロジェクトに関わった契機は、私の勤務先であった芝浦工業大学の同僚との出会いです。私の隣の研究室の主、畑聡一助教授(現在名誉教授)が、何やら忙しくしている様子。何をしているのかと問うたところ、タイの山岳民族の子供たちを助けたいと、そのための募金活動をしているとのこと。大学の一研究室では募金額も思うようにはいきません。そこで、私の所属するロータリークラブの会員に計ってみるからということで、進行したわけです。いまから思えば、その後も継続して援助が続けられ、会員の皆さんに感謝、感謝です。

このプロジェクトが継続している要因として、代表の三輪隆氏の存在が大きいでしょう。彼はもともと写真家で、『地球の歩き方フロンティア　タイ北部山岳民族を訪ねて』(ダイヤモンド社)を一九九〇年に発刊しております。写真家としてこの地に足を踏み入れたのですが、ストリートチルドレンなど、子供たちの悲惨な状況をみて、現地に留まり援助活動を始めようと思ったのです。まず、宿舎をつくり、子供たちを学校に通わせること。

一方、畑先生は民家や集落の研究者として知られた方で、その方面の著作も多くあります。研究の一環としてタイの北部の山岳地帯を訪れたのです。彼はそこで三輪さんと出会い、二人で子供たちへの援助をしようということになったとのことです。現地と東京で、二人の活動がそれぞれ始まったのです。これが大方の経緯です。

話をもどします。里子や子供たちに会いますと、なにか孫に会ったような気分になるから不思議です。当日は、歓迎の挨拶、民族衣装に彩られた子供たちの踊りなどを堪能し、子供たちに見送られながら施設を後にしました。空港では、高山さんと私の里子が見送ってくれました。なにかぐっとこみあげてくるのを感じました。年間六万円で一人の子供が学校に行けるのです。出来るかぎり援助を続けたいと思います。

貴兄をはじめ、クラブの皆さんの協力をこれからもお願いしたいと思います。

平成二十七年二月二十日

相田武文

ラトヴィアの首都リガ

相田武文様

遅れ馳せながらタイ、ミャンマーへの視察旅行ご苦労様でした。

尊兄発議になるタイの山岳民族子弟への教育支援活動が、クラブ会員の岡村進氏提唱のヴェトナム現地奨学会支援と併せて、わがクラブの国際奉仕の柱となってゐることは会員のひとりとして、これを誇とすることができて、嬉しいといふよりは寧《むし》ろ有難いことだと思ってゐます。

貴前便では小生の素人建築話にまともにお付合ひ頂き有難うございました。「ツケ」「ニゲ」「ヲサマリ」といふ示唆に富むお話、興味深く拝読、建築工法がらみのことは私が云ふべきことではありませんが、ツケ、ニゲ、ヲサマリといふ感覚は、為政者にとっての天下国家の大事から、我々市井人にとっての日常些事に至るまで、以て服膺《ふくよう》すべき大変含蓄に富む言葉だと思ひました。少しく視点は違ふかも知れませんが、私の現役時代自らも留意自戒し、若い人達にも助言してゐたことは、ハンドルにはなぜ「遊び」があるのかを顧みよ。文を為す者は須《すべか》らく行間を重んずべし。読む者もまた之をおろそかに為すべからず。文章は「句読点と空白の行間」こそが本文にも増して大切である。言葉も音声のない「間」が重要なること同断である。守る者は三方を固め、一方を緩めよ。攻むる者は三方を攻め一方を空けよ。退路は閉ざすな――などといふことでした。――天網恢恢《てんまうくわいくわい》にして失せず。四角い座敷は丸く掃け、などと云ってしまふと、精緻《せいち》揺ぎなき構造設計を前提にデザインを描く、建築の世界では通用しないかも知れませんが、尊兄ご教示の「ニゲ」て「ヲサマル」といふことと、これらのこととは何処かに共通点があるやうな気がしますが如何でせうか。

　ハンドルといへば半世紀も前、運転免許の実技実習を受けてゐた時のことです。教習係のヲッサン（まさにそんな感じの年配の指導員）に「あんた方インテリ（?）はハンドルを手で切ったり、ブレーキを足で踏んだりしてゐるから、運転がギゴチなくて危なっかしい」と云はれて驚いた。手足で操作しないでどうするんだヨーと思ってゐたら、ヲッサン曰く「ハンドルは目と耳で切るもんだ。ブレーキも同じ、目と耳で踏むもんだ」と。云はれてみて、成程、ヲッサン巧いことを言ふ、目前の霧が霽《は》れたやうな気分になって、仮免での路上運転もスイスイ、難なく最短時間で免許を取ることができた。この行きずりの老指導員の言葉が、爾来《じらい》今日にいたる迄、何かにつけ私の行動規範の一つになってゐるから不思議ですね。職人肌の老爺の一呟言《けんげん》、名僧知識の百戒に勝る、といったところでせうか。

ところで、東御苑への天守閣再建の是非に関連して、尊兄が前便でわが国の首都東京の隘然たる猥雑さについて義憤を述べてをられましたが、天守閣再建はともあれ、それについては私も全く同感です。東京の町は、宮城周辺はさて措き、人の意思と叡智の結晶として創りだされた生活空間になってゐませんね。（あまり好きな言葉ではありませんが、当世風の表現でいへば都市を統《す》べるコンセプトがない！）抑々《そもそも》、都市の別名「都邑《といふ》」といふ言葉に象徴されるやうに、東京に限らず日本の都市は平城京、平安京の昔はいざ知らず、既存の村落が其の儘膨れ上り溢れ出て、それが単に人口の多寡によって都市と称ばれてゐるに過ぎない、イヤ、村落が其の儘などと云っては村落に失礼。ミニ開発されてベットタウン化してしまったり、無秩序に工場誘致がなされてしまったりしてゐない田舎の地域には、風土に馴染んだ素朴ながらも風格のある集落――代々に亙って、先人達によってそれと知らずに慥《し》ッかとしたコンセプトに貫かれ、育てあげられてきた村落も尠くありませんね。

尊兄とお近づきになった二十年程前に頂いた尊著『都市デザインの系譜』（共著）のなかで、尊兄は「都市は建築の集合である。然しこれはその逆には言ひ換へられない。単に建築を集合してもそれは都市にはならない。都市が造形的に都市の条件をもつのは構成要素を配列するモデルにある。そしてその都市モデルは、個々の建築の造形に直接に反映する。……二十世紀後半からこの都市が都市たる条件が見えにくくなった」といったやうな意味のことを述べてをられましたね。ペリクレス、カエサルの時代から二十世紀に至るまでの主要都市とそこに係る人物を語りながら、尊兄の存念の中にそれと云はずに首都東京への義憤と哀しみが去来してゐた。イヤ、その哀しみを抱いてゐたればこそ、この一書を著はす何よりの動機となった。いくら紅灯の巷を飲み歩いてはゐても、さすがに芸術家のセンスはたいしたもの——貴前便を拝読してゐて、そんな風に尊兄の篤い思ひを忖度いたしてをります。

関東大震災のあと、大風呂敷と云はれた、時の東京市長後藤新平の足を引っ張らずに、彼に東京再建の全権を委ねてゐたら、東京を訪れる外国の建築家の前で尊兄が、日本人を代表して恥かしい思ひをしないで済んだでせうし、強いて天守閣再建の論議をしなくても済んだのではないか。尊著を拝読（実はホンの散見）してゐて感じたことは、都市づくりといふのは、強烈なキャラクターが余程強引にリーダーシップを発揮しないと、なかなか巧くは行かないものだといふことでした。どうも日本人は強烈なキャラクターに対しては、足を引っ張る傾向がありますね。マア、それがバランスを保つ上でいい面もあるのでせうが、乾坤一擲、いざ事を為さんとするときにはブレーキ要因となってしまひますね。お序でですが、久しぶりにまともな仕事をする内閣ができて、骨太で強靭な国家機能の構築や尋常な国家観の共有化に腐心してゐる最中に、枝葉末節の些事やら言葉尻やらを捉へての揚足取り、それが、国内問題に留まってゐるうちならばよいが、いまの時代、無思慮な揚足取りや為にする誹謗中傷は我国外交上の立場を大いに毀損してしまふ懼れがあります。政治家の先生方も、所謂識者といはれる先生も、マスコミも、更にはわれわれ衆愚も大いに戒心べきことではないでせうか。

少し横道に外れましたが話をもとに戻しまして、要するに欧米人の都市に対する観念と日本人のそれとは全く異質なのではないか。私の乏しい海外見聞を一つだけ掲げます。それは、或る経済調査団の一員に加はって、ラトヴィアの首都リガに行った時のことです。当時ソ連が崩壊して、そのソ連に併合されてゐたラトヴィアが漸く独立を恢復したばかりの頃でした。それも平和裡の獨立ではなく、旧ソ連の戦車に蹂躙され、ロシアとなってからもロシア系住民保護の名目（ウクライナと同じですね）で戦車が撤退してゐない中での獨立でした。ソ連時代の計画経済の煽りで、エネルギー自給率は二〇％未満、このエネルギー問題と、慢性的に停滞してゐた社会主義統制経済から自由化への急激な改革の痛みで食料や工業製品の物価は、一年間で二〇倍から三〇倍にハネ上ってゐて、経済的には大変困難な状況にありました。（その反面、ソ連時代生産を強要されてゐた琥珀製品だけは、値段がヤケに靡かったので、しこたま土産に買ひこんだ！）

そんな状況のラトヴィア――それは尊兄が前便に掲げたパリ、ロンドン、ニューヨークなどの大国の大都市ではなく、終戦直後の日本以上に経済的な苦境にあったラトヴィアの首都でのこと。リガの街の整然とした美しさに本当に吃驚しました。駅前の広い公園は良く手入れがされてゐて、終日そこにゐても飽きないやうな感じでした。旧市街の中心にある大聖堂までの町並みも素晴らしく、飲食店などは景観上の理由から、あまり目につかない処にあるらしく、町の角々の目立った場所には綺麗な花屋が随処にあって見事、こんなに沢山花屋があって商売になるのかと余計な心配をしました。世界一大きなパイプオルガンの演奏があるといふので、大聖堂でそのリサイタルを聴いてきました。終了が夜十時近くでしたが、外に出たら白夜で明るい、それがまた昼間とは違ったシルエットとなった町並みを見せてくれました

ソ連の戦車が市街地を蹂躙したのは、我々が訪問したほんの一寸前のことだと聞いてゐたので、町の情景については終戦前後の東京のイメージを脳裏に描いてゐたのですが、行ってみたら、なんともしっとりとした品格のある町なみを保ってゐたのに吃驚しました。駅前の常緑樹が生ひ繁った広い公園を軸にして、旧市街、新市街、港湾地域などがシンメトリックに一体となって納まってゐる情景に、カルチャー・ショックを痛感しました。アーバンつまり「都市」とはかういふ処を謂ふものかと、私にとっては目から鱗でした。

然しながら専門家の尊兄を前にして云ふのもナンですが、翻って考へれば抑々、日本の街といふものはレセフェール・レセパッセ、成り行き任せ、人の集り散ずるに任せる。徒らに人為を加へない。嵐が来れば吹き飛ぶに任せ、地震が来れば潰さるるに任せる。火事は江戸の華、栖居《すまゐ》三尺、膝を入るるに足らば足る。自然に立ち向ふアーリアン人種と異なり、自然に身を委ねる。自然ばかりではない、人の坩堝に身を任せ、世間の波間に流れ漂ふ。空地があればそこに薦《こも》ッ被りでもぐりこむ。隣は何をする人ぞ。日本の都市は、云ってみればひとつの色紙にみんなで寄書をしてゆくやうなもの、空いてゐる処にアト・ランダムに、何でもどんどん埋めてゆく。なかには能書家の字もあるが——アーキテクチャーらしきものがあっても——色紙全体、街全体がひとつの芸術になることはない。

かういふ土壌のもとにあっては、たまたま、僅かに残された美的環境に相応しい何かエトヴァスをと、志のある人が折角考へても「さうだ、さうだ、いいところに気がついた」と許りに利権絡みの有象無象の連中が寄ってたかって、とんでもない代物にしてしまひ、「豈、朕が志ならんや」と、結局は天に向って嘆息するやうなことになるのではないか。東御苑への天守閣建築の構想にもそんな懸念が拭ひきれないのですが如何でせうか。よろず美《は》しきものはアンタッチャブルに。——好きな女には手を出さずに遠くからそっと見守るだけにしておく。内気で気の弱い私の悲しい性《さが》です。

それはそれとして、街は巷ともいひます。来るを拒まず、去るを追はず。僅か五、六十坪の土地に甍ヲ接して――といへば聞えはいいが、塗壁を接して安ビルを建てる。その隣はキンキラキンのパチンコ屋、そのまた隣は図体だけ大きなスーパーストアか電気器具の量販店。ファミレスに赤提灯。貪欲に何でも咀嚼する。町の裏通りでは兼業農家が五畝かそこらの麦畑の隙間に処狭しと冬野菜を蒔く。負けじとばかりに隣の家庭菜園で三坪の土地に大根も蒔けば茄子や南瓜も植ゑる。茄子と南瓜が喧嘩して、（俗謡「なすかぼ」）

♪南瓜もとよりいたづら者だヨ、長い手を出し茄子の木に絡みつく、茄子め、これには真っ黒なって腹を立て、コレサ、待て待て、待て待て南瓜、背《せい》が低いとて、色が黒いとて茄子の木は地主だよ……。

ゴチャゴチャする程活気が出る。――勤勉といへば勤勉ですね。ことの好き嫌ひを云ってゐるのではありません。土地こそ我が命の農耕民族のDNAと考へれば、それ自体がマアひとつのコンセプト。それもまた良しとするほかないのではないでせうか。

――こんなことを云へば、純粋培養の貴兄のことですから「どんなマチやチマタを造らうともそれは君らの勝手だが、それならば君イ、お願ひだから、頼むから、〈そこを都市、アーバン〉と称することだけは止めて呉れ給へ！」と、悲痛なる叫びを発すのではないか。そんな気がします。（私でさへ、さう叫びたくなります）

長広舌で恐縮でしたが、実はこれが先般拝受した『建築家のひとこと』と、それに釣られて引張りだした古い御尊著『都市デザインの系譜』へのお礼代りの感想文としてお受け止めください。

アア、ア。東御苑天守閣談義から、ついウカウカと貴兄の土俵に上って長談義。よその土俵で相撲取るのは他人様《ひとさま》の褌で相撲取るやうなもの、なんとも落着かないものです。長談義ついでに気分転換のため、斯件から少し離れてラトヴィア訪問で、ゴドマニス首相（当時）及び大蔵大臣（財務長官？）との面談に同席した時の同首相の言葉が迚《とて》も印象的だったので、蛇足として私自身の回想がてらご紹介します。

曰く「わが国は二度もソ連に併合され、社会主義を強制されたが、それ以前に議会制民主主義と資本主義経済を経験してゐる。農奴制からいきなり社会主義になって、資本主義を知らないロシアよりも円滑に西欧社会や貴国（日本）と価値観を共有できる。今は経済的にも財政的にも困難な中にあるが、ソ連離脱後いち早くＩＭＦへの加盟交渉をすすめ、痛みに堪えて財政再建と完全自由化に取組んでゐる。信頼して政経両面での交流を深めて欲しい」

完全独立恢復への烈々たる気迫と、強固な財政基盤確立への不屈の覚悟が犇々《ひしひし》と伝はってきて、わが明治時代の指導者を見るやうな感じがしました。

また曰く「旧ソ連はロシア系住民の保護を口実に戦車部隊を投入して、独立後の影響力確保を画策してゐる。然もそのロシア系住民たるや、併合時代にロシア化を謀って無理やり移住させてきたもの。更に呆れることには、彼等の引揚後の住宅費用をわが国が補償せよと、無茶な要求。これがロシアといふ国の体質だが我々は屈しない」

まさにパワー・ポリテックスの現実を聞かされた思ひがしました。

今のウクライナ問題等もどこか似てゐますね。これに較べて日本の場合、尊兄も当事者のお一人ですが、敗戦したからとはいへ引揚げ補償はおろか、個人企業、国家公共の在外資産全てを素直に放棄してゐます。それにひきかへ近隣の某国、某国は、逆に条約や協定で決着済みのことまで何度も蒸返してくる。

その癖、歴然たる国際法違反のシベリア抑留には、当事国を始め、どこも知らん顔。まこと、柄のない処に柄をすげるのが外交ですね。理不尽には断固対応しなければならないのもまた外交といふもの。

――これ以上書くと血圧が上るからやめます。令夫人に宜しく。

河津光紀

平成二十七年四月十一日

山川草木悉皆成仏

河津光紀様

五月は何やらと忙しく、あっという間に今月も終わろうとしております。返信を書こうと思いつつ、つい心地よい五月の風に身をゆだねていたという次第です。といいますといかにも空気のよいところに住んでいるように思われますが。

さて、貴兄が拙著『建築家のひとこと』さらには『都市デザインの系譜』までも読んでいただき感謝です。貴兄の都市に対する洞察、面白く拝見しました。この中で、ラトヴィアの首都、リガの街に関しての記述、興味をもちました。「ソ連の戦車が市街地を蹂躙したのは……行ってみたら、なんともしっとりした品格のある町なみを保ってゐたのに吃驚しました。」さらに、ゴドマニス首相の言葉「わが国は二度もソ連に併合され、社会主義を強制されたが……」にも感銘をうけました。わが国の都市に対する貴兄の指摘、文学論的で面白く拝見しました。「日本の街といふものは……成り行き任せ……自然に身を委ねる…世間の波間に流れ漂ふ……」等々。

東御苑の天守閣建設に関しての記述「好きな女には手を出さずに遠くからそっと見守るだけにしておく。内気で気の弱い私の悲しい性です。」やや自虐的すぎるのかなと感じます。いまの世の中、貴兄のいうように内気で気の弱い（？）人は、おいていかれ、強い者およびその同調者が女を奪っていくという風潮にあると思われます。口をあけてだまって見ているのか、本当に美しい女はこういう姿なのだと注文をつけるのか、考えておく必要があると思います。為政者の多くは常に市民の名をかりて建物をつくることが好きなのです。それが美しいものか否かは、為政者の資質と多いに関係するところです。

書簡の最後の頁に「これ以上書くと血圧が上るからやめます。」という義憤、私なりに心情的な理解をしております。といいますのは、貴兄もご存じのごとく戦後二年も過ぎてから満州の大連市から貨物船にゆられて引き揚げてきた私。子供心に勝者と敗者という現実を体感したように思います。いまの日本人、戦争で敗者になったことを体験した人は少なくなりました。ですから、いまの時代は危ないのです。

過日、テレビを見ていましたら、和歌山県太地町のイルカの追い込み漁が倫理規定に反していると、世界動物園水族館協会からいわれたとのこと。この漁法でイルカの購入を続けるならば、協会から除名するとのこと。結果は、追い込み漁のイルカをわが国の水族館は購入しないというニュアンスでした。イルカやクジラに対して、いじめやましてや食するといったことに反対する人や団体があることは貴兄もご存じだと思います。今回のことは、また日本いじめかと思っておりましたら、ほぼ同時期にフォアグラを食することに対する反対のキャンペーンが、日本はおろか世界で起きていることが報道されました。いずれはフランス料理の代表的な食材、フォアグラもこの世から消えていく運命になるでしょう。自国の文化に誇りをもつ誇り高きフランス人は、どのように思っているのか、機会がありましたら聞いてみたいのです。

実は私、フォアグラと和食のにこごりが好物なのです。好物がひとつこの世から消えるのは残念ですが、その頃には私の命もこの世から消えていくことになるのでしょう。「山川草木悉皆成仏」密教では山川草木すべてに仏性があると説いています。草木にいたるまで仏性があるとなれば、身を正して食べなければなりません。祈りをこめてありがたく食さなければならないと思いつつ、料理を前にすると、私の頭は祈りが忘却のかなたへといざなっていくのです。

とかく人間というのは、頭の中では多様に思考の範囲を広げて考えなくてはならないと思っている。しかし、その時代における風潮や一種のスリコミ現象によって人はときにエキセントリックになるのです。中世時代の魔女狩りにみられるように、人は異端のものを排斥し、弾劾することに一種の快楽ともいえるものを抱くようです。イルカやクジラの問題にしても、私には心情的に双方の言い分が理解できるのです。それ故、どちらに旗をあげるかというように単純にはきめられません。あえて個人的な心情をのべれば、街の居酒屋に入った場合、メニューにクジラ肉がのっていましたら注文するようにしております。クジラベーコンやさらしクジラなど、うまいですよね。古来からある食文化を途絶えさせてはならないと思うからです。つまり、食べる人がいなくなれば、その食材は消えていくわけですから、誰かが食べ続けていくことが必要なのです。

また、テレビで放映された話題ですが、最近日本列島の火山活動が激しくなってきたとのこと。二〇二〇年頃には、さらに活発化するだろうと予測した学者がおりました。この報道と同じ時期に新国立競技場が屋根を造らないことにしたとのこと。報道によれば、工事が間に合わないとのこと。世界的にみても優秀な日本のゼネコンが工事期間内に出来ないとは考えられません。おそらく、間に合わないのは、別の理由で合わないのでしょう。

二〇二〇年にオリンピックが開催されるのは衆知のとおりですが、開会式時に運悪く東京周辺の火山が噴火し、その火山灰が屋根のない競技場に降り注ぐ。開会式時にゴホンゴホンとならないことを祈るのみです。過日の報道に接し、私の見た悪夢です。

貴兄も早稲田大学出身者なので関連する本を紹介したいと思います。大橋一章著『會津八一』です。

この本は、著者の大橋さんから送られてきたものです。大橋さんとは、学生時代、舞台美術研究会というクラブ活動の仲間でした。私のほうがやや先輩です。卒業後は、彼の住居の設計をさせてもらったりして、今日に至るまで親交が続いております。

大橋一章さんは、早稲田大学文学部教授、會津八一記念博物館長などを務められ、現在名誉教授として活躍されております。大橋さんの先生が、安藤更正教授で、安藤先生の先生が會津八一先生ということになります。

この本によりますと「會津八一は師なくして学と芸の二つの世界を極めた、最後の文人であった。」と書かれております。読み進みますと、いかにも早稲田らしい「自由人」の姿が浮かび上がってきます。奈良美術を探求した美術史家、歌人、書家として知られているようですが、私には真価をはかることは出来ません。最近、私は書を習い始めたのですが、會津八一の書のどこが良いのか分からないのが正直なところです。しかし、彼の次の文章には何か納得させられます。「如何に王義之が偉いといっても、それは王義之一人が偉いのであって、人皆王義之に倣ふなどといふことは実に愚である。王義之の趣味はいいけれども、それを万人の手本にすることは大なる誤った態度であるといふことを、今日といへども私は信じてゐるものであります。」

話は変わりますが、この往復書簡、貴兄からいただいた『井底蛙言――俳諧ところどころ』に対して、私なりの感想文を書いたことから始まったように思います。日付けを見ましたら平成二十五年十一月十五日が第一便でした。約一年半それなりに続けてこられたのも双方に文章が書ける頭脳がまだ残されていたということです。メデタシメデタシ。

貴兄からの書簡、旧仮名遣いや漢字の数々にも大分慣れてきました。貴兄が旧仮名遣いや漢字にこだわっていること、こうして私信というかたちで拝見していますと、その雰囲気が肌で伝わってくるように感じます。これまでのやりとりで双方の理解が深まったと推察しますが、このままシリトリゲームのように続けていくのは惰性に流されていくように思われます。ここで、双方の認知度を高めるためにも、何か中締めのようなものが必要かと思われます。それ故、次回の河津兄からの書簡には、貴兄なりの総括文を期待したいのですが。

最近、急に陽気が暑くなってきました。貴兄にはあまり頭の中を暑くしないよう、それこそ本物の血圧があがらないように願っております。

奥様の体調、快方へ向かうことをお祈りします。

相田武文

平成二十七年五月二十八日

これをしも中締めとや?

相田武文様

貴簡の日付が五月二十八日、せめて翌六月中には返信を、と思ってゐたのですが、たうたう月を跨いでしまひました。斯くも遅延するのは、この往復書簡への小生の取組みが雑駁なるが故か、逆に思ひ入れが深過ぎて精神を凝結させるのに時日を要してゐる為なのか、それとも単に頭脳薄弱表現力希薄で四苦八苦のゆゑか、その判断は貴兄に委ねざるを得ません。マア普通には、足して三で割った辺りが実情だらうと云はれてしまふかもしれませんが……。

五月二十八日といへば、新暦旧暦の差はありますが、曾我兄弟が十八年の艱難辛苦の末、仇討本懐を成し遂げた日、その前日、五月二十七日は臥薪嘗胆十年、我が連合艦隊がバルチック艦隊を破り、日本海海戦に勝利して、我が国の独立を保ち得た記念日。いはば、亜細亜への列強東漸阻止の第一歩となった日ですね。冒頭から私事に亙り恐縮ですが、幼い頃、この時期になると父が私を仏壇の前に坐らせ、その仏壇の上に飾ってある我家伝来の曾我兄弟の肖像を前にして、兄弟の仇討の話や日露戦役のことをよく聞かされました。（古い昔のこと、家伝などといふのは殆どがいい加減なものなので、必ずしも信じこんでゐるわけではありませんが、一応我家に残る古い資料や系図書などによれば、遠祖は曾我兄弟の祖父で伊豆の豪族、伊東祐親とその子（兄弟の父）河津三郎祐泰といふことになってゐます。それと父の生れが明治三十八年七月、日本海海戦勝利の直後だったので父は勝《マサル》と名称けられた。この両日は父の思ひのなかに特別の日として意識されてゐたのでせう）

ところで、直近の往復書簡では盲蛇に怖ぢず、あらうことか斯界の泰斗を前にしての素人談義、頰を雪に打ちたいやうな慙愧《ざんき》の気分ですが、幸ひご懇篤な説明と、これを契機に散見させて頂いた御著などによって目《まなこ》を洗はれて、建築家の存念や理念の一端を伺ふことができ、更には皇居東御苑の天守閣再建構想や国立競技場建設騒動への貴見を通して、尊兄の都市創造への思ひも少しは理解できた気がします。酒席などで、いつも気安く本音の話を聞かせて頂いてゐるので尊兄は別格ですが、今まで私は何も知らない癖に、建築家についで、巨匠と云はれるT氏やK氏には或る種の違和感を抱いてゐたのですが、一連の遺り取りの中で、それは小生の無智と偏見によると思ひ知らされたのが、口惜しいが正直なところです。

昔、聞いたことがあるのは、「男と生れて、やってみたい職業が五つある。船頭、指揮者に映画監督、師団長と馬賊の棟梁」船頭には客船の船長、軍艦の艦長のほか海賊の親分も含まれるさうです。指揮者とはもちろん音楽の指揮者ですね。師団長とナンとかは三日やったらやめられないとも……。尊兄の言行に接してゐて、建築家がこの筆頭に入ってゐないのは訝しいとつくづく思ひました。それにしても、ひとかどの建築家といふものは工学理学の才のみならず、美術は無論のこと、音楽や文学のセンスも求められ、更には歴史、哲学への識見もなければならない立派な正業だと、深く再認識した次第です。（酒も強くなければならない？）　今後――建築家には二つある。その一は土建屋さんの用心棒。その二は世俗を低くみて我れ面白の高踏遊民――などとは、金輪際夢にも思はないことに致します。

和歌山県太地町のイルカの追込み漁への紛争の話は私もテレビ新聞で聞いてゐましたが、反フォアグラ・キャンペーンの話は知りませんでした。私は尊兄ほどには食通でもなく、トマト嫌ひ以外は食へのこだはりは尠い方なのですが、尊兄の論旨には二百％以上も同感です。気候風土や地理的条件、生存環境の異なる中で育てあげてきた夫々の民族の食文化をやみくもに排撃排除することは、自然保護、人道主義を装って、その根底に異民族、異文化排除の執念が見え隠れしてゐるケースが尠くないものと感じられます。

勿論、この地球上に人類が七十億にも膨れあがり、自然環境とのバランスは人類発祥の当時は愚か、近々百年前とでも格段の開きができてしまひ、自然から人類が享受できる総量が限られてゐる以上、互いに節度ある受用を心掛け、更には、より有効な活用方法の工夫開発などが必要であることは当然のことでせう。然し、それはあくまで国際的な協議の場で、それぞれの立場を正式に代表する人達によって国家間で合意を形成するのが筋ではないでせうか。

人間をはじめ生きとし生けるもの皆すべて、所詮は何らかの自然破壊をしながら生きてゐますね。要はどの辺で折合ひをつけるかといふことではないか。「折合ひをつける」といふことが判らない者を乳幼児シンドローム（ダダッ子症候群）とでもいへばよいのでせうか。泣く子と地頭には勝たれぬ、いまの世の中、全般的にどうも幼児化してゐますね。このシンドロームが特に顕著なのは、国の内外を問はず所謂《いはゆる》市民運動家と称する人達、その兄貴分とでもいふべき連中が己れに緩く他を謗るに急な一部マスコミ人、ある意味での正義派、良心的文化人など（仮りにその人自身は個人として立派でも社会に及ぼす影響の負なる人）ではないかと愚考いたします。

尊兄の云はるるごとく、スリコミ現象によってエキセントリックになると、人は異端を弾劾することに快楽を抱くやうになるといふことは怖ろしいことですね。シーシェパード、グリーンピースなどの言動をテレビ、新聞で見聞してゐると、特にその感を深くします。然も、現代といふ時代、シーシェパードほど極端でなくても、市民団体等と自称する連中の中には、尊兄指摘のスリコミ現象の申し子としか思へないやうな向きが尠くありませんね。抑々私は「市民」などといふあやふやで胡散臭い言葉は好きではないのですが、それは措くとして、マイク持って「ワレエーワレエ市民ワーア」なんてやってゐるのを見聞きすると「乃公《オレ》も市民だぞ、誰に断って市民団体などと僭称するのか」と云ってやりたくなります。

ご推薦頂いた大橋一章先生の『會津八一』やっと通読しました。

早稲田大学出身といっても、私はノンポリの方で早稲田のことをあまり知らず、お前も早稲田だらうからと云はれて教へられることが多いのですが、今回もその例に洩れず、大橋先生のことも安藤更生先生のことも知りませんでした。偶々先日、別件で電話した政経の同級生に、安藤教授を知ってゐるかと聞いたら「銀座細見を書いた人だらう。名前は知ってゐる」との返事……政経でも知ってゐる奴がゐるのか、と恥づかしい思ひをしました。會津八一についても伝聞で、奈良仏教美術研究の他、東洋哲学、和歌、俳句、書などオールラウンドの孤高の学者らしい、といふ程度にしか知らなかったので、丁度いい機会と思って興味深く読みました。

雑駁な読み方なのでアバウトなことしか云へませんが、明治前期といふこの時代、あらゆることが建設途上、然も試行錯誤しながら猛烈なスピードで近代化が進行してゐる、教育システムとてもその例外ではない、こんな時代空気の中なればこそ會津といふ不羈《ふき》の魂が自由に羽ばたいて、尊兄が引用したやうに「師なくして学と芸の二つの世界を極めた最後の文人」が現出したのではないか。翻って戦後のあまりにも整然とし過ぎた単線型の学校教育システムへの或る面でのアンチテーゼ？——二年ほど前に同じクラブ会員のT氏の紹介で、尊兄ともども暫く入会してゐた「時代を刷新する会」の教育部会での論議を思ひ出しました。

意外に思ったのは、奈良の寺院や仏像が、もとは一般には極彩色であり、それが千年有余の風雪を閲して古色蒼然たるものになった、といふことは今の時代では我々素人であっても、教へられて知ってゐますね。然し、それが會津によって指摘されるまでは、仏像寺院は元来古色蒼然としたものと信じられてゐたといふことです。仏像極彩色説を殆ど初めて會津が主張したといふこと、そしてそれを、希臘の彫刻の生立ちと絡めて論じてゐた、といふのも驚きでした。

小生は書については全くの門外漢なのですが「王義之一人が偉いのであって、人皆王義之に倣ふのは愚である……」といふ會津の論に尊兄が「何か納得させられる」と書いておられたのには私も共感しました。殊に會津が左利きで、他人の書に倣ふのを快しとしなかった」といふ条りを読んで、実は私も本来左利き、昔のことですから筆や箸は右使ひに矯正され、お手本を倣ったりするのに苦労した記憶があるだけに、恐れ多いことながら親近感さへ抱いた次第です。

また長くなりましたが、尊兄から「この辺で中締のまとめをやれ」との肝腎のことを忘れてゐました。中締は社会的認知度の高い尊兄に書いて頂くのが至当と思ってゐましたが、ババ抜きのジョーカーを引かされてしまったので、なんとか私なりに、雑感風にまとめてみます。お手を拝借……。

考へてみれば尊兄とのお付合ひも、私がクラブ入会以来ですから、もう二十年になりますね。同世代で偶々出身大学が同じ、酒席での談笑（談論？）好きといふ以外は殆ど共通項なし。現役生活は全く別の道を歩んできました。一方は戦後復興から成長期の花形ともいふべき建築界に進み、若くして斯界で嘱目され華々しい活躍、数多の実績を積んで大学教授に就任。一方は極く平均的な勤め人として、それなりの志を持って——とは云っても、単なる歯車の一つとして、成長期の経済を支えてきた、マア云ってみれば地下草《チゲグサ》に過ぎない。斯くの如く諸環境の異なる異業種の人間同士が、なんの拘りも支障もなく交流できるといふことこそが、ロータリークラブの真骨頂といふものでせう。

同学同世代、細君同士が同じコーラスの仲間といふ誼みもあって、会へば飲み、飲めば語るといった、いはば恰好の「酒友」ですが、必ずしも二人だけの酒席はそれほどは多くはありませんね。寧《むし》ろ、同じクラブ仲間や何かの縁で知り合った共通の知人達と、或は誘ひ合ひ、或は誘はれ合って飲みかつ談ずる。二人の席での舌戦、論戦も欣快だが、複線的に縦横入り乱れての談笑を聞くのもまた極楽。互いに馬齢を重ねて、之を楽しむ心のゆとりが少しは出てきたからかも知れませんが……。

ともあれ、酒は心の憂さを晴らすためにだけあるものではない。畏友と丁々発止、呵々談笑するためにこそ、酒はあるのではないでせうか。それと同時に酒席といふものは、酒の上だから気軽にいい加減でいいといふものでもないと思ひますね。(そんな気分の人とは、私は酒席を共にしたくない) 尊兄との酒席を振返って、不真面目に酒を飲んだ記憶は一度たりともない。真剣に飲み、真面目に談笑談論、まともな話題は無論のこと、冗談、饒舌、与太話であっても真剣に語り、真摯に酔ふ。足腰は蹌踉たりとも、心の背筋は端にして正。これがお互いの暗黙のルール。心底から酒を楽しめば、酔余の一言と雖も一分の理のない戯言はありません。いやむしろ、壺中之天地をもぢって云へば、それが酒中の天地なればこそ、他をもって替へ得ざる珠玉の言辞が自ずと湧き出るものではないでせうか。

私の悪い癖で前置きが長くなりましたが、お互いに一念発起して日常些事を尻取りゲーム風にプライベートに書き綴った往復書簡もいつの間にか一年有半……。酒席だからこそ真摯であらねばならぬのと同様に、常住坐臥の裡に胸中に去来する日々の存念を私信とはいへ、否、私信なればこそ、それなりに真摯に叙述し得たものではないかと愚考します。藤村詩集をもぢって云へば「噛みて捨つべき……一房の葡萄のごとき」戯れごとも尠くないものとは思ひますが、全体的には余人の閲覧に供しても、マア、左程訝《をか》しくはないのではないでせうか。これを敢て一炊の夢としてこのままパソコンのゴミ箱行きとさせるのも、一つの選択かも知れませんが。然しそれでは折角壷中の天地で探りあてたものを、酔ひの醒むるにまかせて、うたかたの夢と消えさせることとなり些か惜しい。八十年に垂々《なんなん》とする人生を生きた市井人が、日頃何を思ひ、何に感じて生きてきたのか、烏滸《をこ》の沙汰ではあるが、その一端をご披露してもよいのではないか。若し、少しでも若い人達の眼にとまることでもあれば幸甚の限り。化石にも些かの息吹があると知って貰ひたいものと考えます。

人は何でもいいから思はなければ（思惟なくんば）生きてゐる甲斐がない。思ふことがあれば云はずんば腹が膨れる。云って之を誌すことなくんば、空しくおのが言辞雲散霧消するを拱手《きょうしゅ》傍観するのみとなる……。ちょっと大上段に振りかぶってみましたが、できれば、尊兄に混ぜっ返しの一言二言を加へて頂ければバランスがとれて丁度宜い加減になると思料します。これをしも中締めの辞といふに値するかどうか……。呵々。

平成二十七年七月八日

河津光紀

おわりに

明日へのベクトル

相田武文

この「往復書簡」を始めてから気がついたことが二つあります。ひとつは相手のこと、もうひとつは私自身に関することです。

相手のこと、つまり河津光紀さんのことです。彼とは二十数年来の友人ですが、この「往復書簡」を始めて新たに知ったことが多々あります。例えば、彼が旧仮名遣を用いて私的な手紙を書いていたとは知りませんでした。さらに、書簡のやりとりをしているなかで感じたことは、四文字熟語が比較的多く用いられていることです。漢字のもつ意味をさらに奥深いものにしており、このことによって彼の文章は含みのあるものになっていると思われます。そして、このことは、彼の趣味である講談や俳句の世界にも通じるものと推察されます。

河津さんとの日常の会話では、前置きがある、あるいはそれが長いのが特徴ですが、文章にもそれが反映されており、なるほどと納得しております。そのなかで、私のことに関しても大建築家などと、大のつく字を用いて、上げたり上げたりで些か気恥ずかしいのですが、これも河津さんから日常の会話で度々聞かされているので見過ごすことにしました。私の書いた専門書など相当に無理をして読んでいただいたのではないかと思うのです。また、私の専門的な記述に対しても眞摯な態度で返答され、心が救われた思いがしたのです。相手をよく知ろうということ、理解しようということ、それは往復書簡を通して生まれたものであり、そこに同志の「愛」ともいうべきものに繋がると考えられます。

私自身に関することについては、日常の行動のなかで、時々メモを取ったりパンフレットを保存したりと「往復書簡」のネタになりそうなものに気を使うようになったことです。本を読んだ場合には、線を引いたりポストイットを貼ったりして、しばらく手元に置いておくようにしております。今までならば、即、本棚にしまってしまうのですが。つまり、最近は日常にメリハリがついてきたのではないかと思うのです。また、過去に読んだ本を再読する機会も与えられたように思うのです。

老人はとかく過去の思い出のみに執着していると言われがちですが、若き時代に読んだ本、行動したこと、それらを今一度思い出して明日へのベクトルとすることも必要でしょう。その気にさえなれば、誰にでも気楽にできる「往復書簡」をお薦めしたいと思います。この本が、皆様方の何らかの参考になれば幸いです。編集者の松永裕衣子さんには緻密な心配りをいただき感謝にたえません。出版という形式にしていただいた論創社に御礼申し上げます。

阿吽の呼吸

河津光紀

この「往復書簡」を始めた経緯について、二人で書いた「はじめに」の項で『酒席での款談が、その場限りで雲散霧消してしまふのは些か惜しい。それと、夫々の思惟をより適確に理解し合ふ為には、書簡の往復によることが効果的である。日々の存念を互いに書き綴って見ようではないか』と、マア体裁上そんな意味のことを書きました。これは嘘ではないが、必ずしもそれ程明確な意識があった訳でもありません。どちらが云ひ出すともなくその場の成行き、阿吽の呼吸、気がついてみたら書簡の往復が始まってゐた。その時のやりとりは今では正確には憶えてゐない、といふのが真実に近いところです。

その曖昧さが却って良かったと私は思ってゐます。かうした共同作業は意図があまり明確であり過ぎたりして、昔流行語ともなった「書きますわよレディー」や或る種の運動家のやうに、眦《まなじり》を決して社会に発信などといふことになるとそれに捉はれて、去来する存念に撓《たわ》みを齎《もたら》すこととなりかねません。紅旗征戎吾が事にあらず、鬼神を語らず、ただただ日常非日常を筆の向く侭、気の向く侭、自在に書き綴ることができたのは、意図するところが曖昧模糊、無目的的であったればこそと思ふのです。夫々が異なる人生を歩んできた二人です。互ひの存念が相合ふも佳し、合はざるもまた佳し。合反一如——謂ふなれば書を以て語る夜話、互ひにヤア、オウと、語りかける気分で続けた書簡の往来でした。

執筆者の片割れの私が言ふのも変ですが、夫々が思ひ思ひの事柄を、思ひ思ひの切り口で語り合ひながら、それでゐて、それが一つの和音となって共鳴して、蕩々藹々《たうたうあいあい》たるコラボレーションを形成できたのではないかと感じてをります。これは文章のスタイルに、ほんの少しばかり臍曲りな執心のある私をうまく包みこんでくれた相田さんの豁達寛容な人柄によるところ大であると感謝してゐる次第です。

斯かる私信の上梓には少しく躊躇《ためらひ》のあった我々に『私信とはいへ、節度を保ったやりとりで個人的過ぎるといふ印象を感じさせない公的な私信』と云って後押しをして頂いた編集者の松永裕衣子さんには勇気づけられました。『管鮑の交りのやうで羨ましい』との感想をお寄せ下さったN氏。もちろん、史書に謂ふ「管鮑の交」には遠く及ばず、これは氏のポライトな挨拶辞令と弁へてはをりますが、それでも矢張り嬉しうございました。

この冊子をお読み頂いた方々が、書簡の内容とは別に、「往復書簡」と称してこんな遊び方もあるといふことを何かの参考にして頂ければ幸甚です。末辞ながら、この冊子の編集に当ってご高配を頂いた松永さんと、出版をお引受け下さった論創社の御好意に感謝申上げます。

相田武文（あいだ・たけふみ）
1937年東京都生まれ。1960年早稲田大学第一理工学部建築学科卒。1966年同校大学院博士課程修了。1977年芝浦工業大学教授。建築家、一級建築士。工学博士。芝浦工業大学名誉教授。早稲田大学などの非常勤講師。米国・カリフォルニア大学客員教授。中国・同済大学顧問教授。日本建築家協会名誉会員。「積木の家」シリーズの建築作品で国際的に評価される。「積木の家Ⅰ（防府歯科医院）」で1982年第1回日本建築家協会新人賞、2007年同作品で建築家協会25年賞受賞。代表的な建築作品に「涅槃の家」「硫黄島・鎮魂の丘」「東京都戦没者霊苑」「芝浦工業大学齋藤記念館」「埼玉県・県央みずほ斎場」など。『建築・NOTE 相田武文　積木の家』（丸善）、『相田武文建築作品集』（新建築社）、『建築家のひとこと』（新建築社）などの著作がある。

河津光紀（かはづ・みつのり）
1936年神奈川県生まれ。1958年早稲田大学第一政経学部経済学科卒。同年朝日生命保険（相互）入社。広報部長・取締役営業管理部長・同名古屋支社長等を経て常務取締役。営業・人事・総務等を担当する傍ら、社会貢献事業「全国健康づくり運動」の一環としてのテニス部長、体操部長を務める。業界関連業務は生命保険協会総務委員会委員長、教育委員会委員長など。1994年同社退任、朝日生命ビル㈱代表取締役社長就任。2001年退任。趣味は囲碁・俳句・講談。齊藤夏風氏主宰「屋根」入会。公益社団法人俳人協会会員。句集『涓々抄』を上梓。寶井講談修羅場塾にて故寶井馬琴師、寶井琴星師に師事。名取を許され河津琴逍名で口演活動。NPO法人シニア大樂登録講師。

書斎で楽しむ酒席談義—書簡往来のすすめ

2016年6月15日　初版第1刷印刷
2016年6月25日　初版第1刷発行

著　者　相田武文
　　　　河津光紀
発行者　森下紀夫
発行所　論創社
東京都千代田区神田神保町 2-23　北井ビル
tel. 03（3264）5254　fax. 03（3264）5232
web. http://www.ronso.co.jp/
振替口座　00160-1-155266

装幀／奥定泰之
組版／フレックスアート
印刷・製本／中央精版印刷
ISBN978-4-8460-1534-3　